吉建芳◎著

没有谁刀枪不入

No Invulnerability to Bullets

中国工人出版社

图书在版编目（CIP）数据

没有谁刀枪不入 / 吉建芳著. —北京：中国工人出版社，2016.9

ISBN 978-7-5008-6552-0

Ⅰ. ①没… Ⅱ. ①吉… Ⅲ. ①随笔—作品集—中国—当代 Ⅳ. ①I267.1

中国版本图书馆CIP数据核字（2016）第234555号

没有谁刀枪不入

出 版 人 芮宗金
责任编辑 习艳群
责任校对 赵贵芬
责任印制 栾征宇
出版发行 中国工人出版社
地　　址 北京市东城区鼓楼外大街45号 邮编：100120
网　　址 http://www.wp-china.com
电　　话 （010）62350006（总编室）
（010）62005039（出版物流部）
（010）62382916（职工教育分社）
发行热线 （010）62005996 （010）82075964（传真）
经　　销 各地书店
印　　刷 三河市万龙印装有限公司
开　　本 880毫米×1230毫米 1/32
印　　张 8
字　　数 150千字
版　　次 2016年10月第1版 2017年8月第2次印刷
定　　价 26.80元

本书如有破损、缺页、装订错误，请与本社出版物流部联系更换

目录

上篇　如烟时光

中篇　如此相逢

下篇　一地往事

上篇 一 如烟时光

会不会，也有一个很大很大的萝卜，
悄悄藏在哪里，
等待，我的找寻。

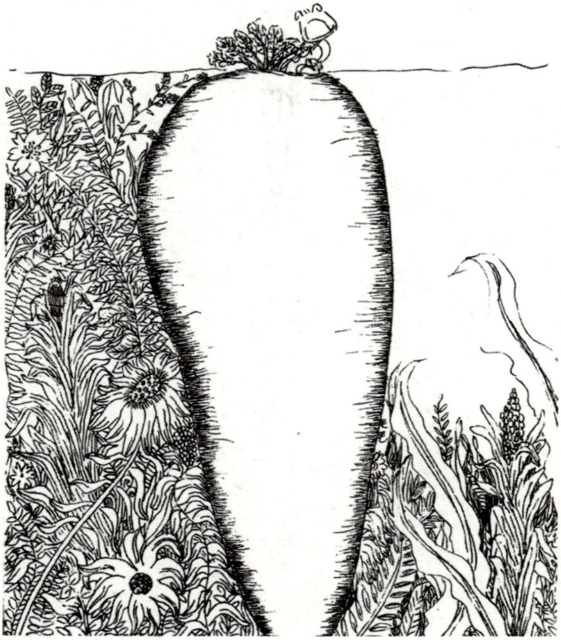

没梦的人

刚踏进回忆的门槛，我就一个跟头跌至童年。

大概四五岁时，我和家人还住在农村——陕北黄土高原上、210 国道边一个有着百余户人家的小村子里。500 多年前，先人们迫于当时朝廷的淫威，背井离乡，携妻带子从山西大槐树下移民至此，之后生根发芽，繁衍生息下来。后来，人丁愈加兴旺但耕作的土地却并未增加。无奈之下，人们又分出两个支脉，分别迁移至本县不同的地方，我们这一脉有幸留在了原地。

凛冽的西北风给当地人脸上留下两块“高原红”的同时，也带来了咳嗽这种烦人的疾病。咳嗽原本不是什么大病，但却不易根治，如果治疗不及时，很容易引起其他疾病。因而，咳嗽在当地成为一种“瘟疫”。后来，人们才知道，咳嗽是由慢性咽炎或气管炎所致。

哥哥以家中老大和唯一的男孩的双重身份，备受各方关注；

妹妹因漂亮的长相和伶牙俐齿的小甜嘴，深得各方喜爱。和哥哥比，我没有性别和排序的优势；和妹妹比，我的外形和笨口拙舌都不太讨人喜欢。掂量清楚自己的分量，我便不敢轻易在大人面前撒娇，不敢随便表达自己的意愿，不敢对现实有过多期待。沉默，是我的常态。后来，这种沉默被旁人解读为性格内向、不善言谈，也罢。

我还有一个连自己都很讨厌自己的原因：我爱生病。

小时候的我，因为母亲奶水充足，基础体质还算不错，长得也胖乎乎的。但，胖和不生病或者少生病，并不是画等号的。因而，每当“咳嗽风”刮过时，我都会中招，每次都是连着好几天不停歇地“咳咳咳”。白天还稍微好些，到了晚上，尤其关门闭窗以后，满屋子都是我的“咳咳咳”声，时急时徐，时大时小。有时我好不容易睡着了，又被自己咳醒来，严重时甚至老半天都不能缓过劲来。那种难受的状况，只有亲历后，才知道有多痛苦；不曾亲历，或许觉得不过只是个咳嗽，又能怎样。我的咳嗽不仅让自己难受，也让亲人们跟着备受熬煎。母亲白天要忙着操持家务，夜里还要为我的健康担忧。

在那个缺医少药的年代，我除了吃一种叫不上来名字的消炎药外，还得去打针。吃药往往效果来得慢，而且治好后复发的可能性也大；打针的疗效相对来得快一些，只是要受皮肉之痛。

父亲在外工作，母亲独自一人在家拉扯三个儿女，还要种几亩庄稼地。多数时候原上风调雨顺，庄稼地的日照充足，收成还可以。母亲在春种秋收时总是忙得不亦乐乎，顾不上每次都专门带我去村子里的赤脚医生家打针。记忆中，我经常独自一人前往医生家，打完针后又独自回家。

乡村土路上，小小的我总是踽踽独行。

有那么几次，我因咳嗽而引起其他疾病，病情一天天地加重，差一点儿就……害得家人整日为我忧心忡忡的。一次又一次被病危的我折磨，家人甚至萌生过遗弃我的念头。这些念头难免会偶尔出现在他们的语言中，虽只一闪而过，他们也绝对不会真心想那样去做，只是被逼无奈的怨愤之语而已，但却让我无比恐慌。

我，要活着！

我以为，想要活着应该不能算是一个人的梦想，充其量只能是人的一种本能。

年少的日子里，几乎每个早春和秋冬将至之时，或者多风干旱的天气持续不断时，就连早晚间未及时增减衣物时，该死的咳嗽都像无法摆脱的梦魇一样，死死揪住我不放。

没完，没了。

流年易逝，人生易老。不知道自己究竟能活多久，因此，在每一个太阳升起的早晨，我只要发现自己还活着，都会十分欣喜，恐慌感也随之消失。在家人无奈目光的注视下，多病的我还是像一棵小树苗一样，一天天地长大了。1 米 66 的个头虽然在三个兄妹中是最低的，但放在社会大环境中，也不算太低。

或许童年的阴影太过深重，我从不敢有任何梦想，也不敢对未来有什么奢望，觉得太过奢侈和遥远，只想努力做好眼前的事：努力完成学业，让今天的成绩比昨天更好一些；努力完成工作，让今天做得比昨天更好一些；努力写东西，让今天写得比昨天更好一些；努力画画，让今天画得比昨天更好一些；努力去爱该爱的人，在今天对待他们比昨天更好一些；努力生活，让今天比昨天更充实、更快乐、更美好。

时光荏苒，我总会经常想起多年前在陕北乡村土路上孤独行走着的那个小小的身影，那个独自去医生家里打针的孩子。持续不断和过量针剂的注射，引起我身体某个部位的极度不适，继而化脓，带来了另外一个更大的麻烦。后来，我的病总算医治好了，但疤痕却异常明显地永远留在了我的身上，更留在了我的心里。

努力活下去，让今天比昨天更美好——致一个没梦的人，顺致所有和我一样走过艰难困苦的人们。

又见桃花开

站在没有阳光的窗前，我的心情有一丝轻浅的、莫名的，甚至很难被察觉的忧伤。我时常会有些淡淡的忧郁，虽也偶尔调皮、偶尔疯狂、偶尔不羁，但多数时候更愿意沉浸在自己的世界里，只要有阳光就好。

喜欢阳光的味道，喜欢阳光的怀抱，喜欢阳光带来的种种美和好。不能忍受刚刚还被阳光洒满全身的温暖转瞬就被隔绝，我伸出手臂，毫不犹豫甚至有些迫不及待地，却也没有任何期待地去拉扯那厚重的绒布面料的帘子。绒帘上镶着的一个个圆环极不情愿地滑过牢牢钉在墙壁上的横杆，从中间滑向两端，伴随着轻微的金属物件相互碰撞的声音，扭捏着、拥挤着发出突兀的声响。

透过还散发着洗涤剂清香的白纱帘，我隐隐约约地看到窗外一些春日美好的景致。我继续追索着阳光，轻轻地拉开薄薄的白纱帘。一株正在艳丽绽放着的粉嘟嘟的桃花立刻出现在我眼前，我猝不及防，似乎都能感受到来自它的火热情意毫不犹豫地扑面而来。我并没有不假思索地迎上去，只定定地看着眼前的一切，有些诧异。然而更令人诧异的是，桃花的近旁伫立着一树同样茂盛浓艳的桃花，同样的热情奔放，同样的生机勃勃。它们之间究竟是怎样的关系尚不清楚，但那种蓬蓬勃勃的生命力和传递来的简单直接的正能量，立刻就让一颗脆弱敏感的心醉了。

我愣在那里，一时有些不知所措。

后来的日子里，我迅速把自己没入那个以文学的名义聚拢的人群里，紧紧跟随日程安排的节奏，同时不忘各种自己需要兼顾的使命，亦不忘随时关照桃花们的存在。无论晨曦渐起还是艳阳高照，无论夕阳西下还是晚风拂过，她们都近在咫尺、相依相随，一起观蝶儿热舞、赏蜜蜂闲飞，一起品露珠的甘甜、尝雨水的滋味，温馨、甜蜜、安闲而又美好。

那一朵朵次第盛开着的桃花，又何尝不像我们的文坛一样，三朵两朵不是春，群芳竞艳春满园。

每个清晨的第一眼，我看到的是桃花；每个夜晚入睡前，我看到的也是桃花。艳丽而又热烈的桃花，不只伫立在窗外。在北田培训基地那个精致的院落里，在春风吹过的晋中平原上，在春雨浸润后的角角落落，处处都有她们妩媚妖娆的身姿，娇俏可人、影影绰绰或明目张胆。

在从太原南站前往北田途中，我就被道路两旁一簇簇、一株株艳粉热烈的桃花深深吸引。它们在这春夏之交的北方大地上尽情绽放，恣肆盛开，十分引人注目。与它们的热情相映衬的是黄色的迎春花和连翘，素雅洁白的梨花，优雅雍容的玉兰花，还有暗香浮动、内敛含蓄的丁香花，但唯有桃花让人难抑地产生浮想联翩的渴望。

工作之外的人们大多都有一点儿个人爱好，那爱好或者于工作有益，或者仅仅是为了填补业余生活的空白，但能因这爱好的缘由而得以出一趟公差，暂时离开朝九晚五、周而复始的生活，心情怎能不愉悦，心儿又怎能不尽情飞扬，自然满目所及皆是含笑的、喜悦的、欢喜的。

回想来时路上，飞驰的动车和车窗外急速掠过的景物丝毫不影响我的状态，我一直沉迷于正在阅读的书中，思绪跟随书中人物和场景的起承转合而起起伏伏。如此，数小时的旅途光阴便不觉得枯燥或无聊。

感念接站的师傅来回奔波的辛劳，我以花事作为由头搭讪。“师傅，路旁这些粉色的花是桃花吧？”“是桃花。”“那黄色的呢？迎春花还是连翘啊……”

那几日，房间的窗帘几乎一直是拉开着的，窗外总有或多或少的人们流连花间或徜徉柳下，这令我不由得想起那句“你站在桥上看风景，看风景的人在楼上看你”。可惜不是明月装饰了我的窗子，而是桃花。那些盛开得早的桃花，已经悄然丢下一地落英，让人望之不由心生惋惜之情……我独自做着自己的事，偶尔扭头去看看欢乐的人们，也是美好！

刚到北田的那个下午，我与同伴乘坐8路公共汽车去看望走过风雨沧桑、辉煌不再的榆次老城。破旧的公交车灰头土脸，车上稀稀拉拉的乘客大都面无表情，乡间粗糙的柏油路既不平整也不宽阔，倒是年轻的司机很是阳光健谈。他乐于向陌生的女子介绍自己生活的这个地方，关于它的过去和沿途不多的几个景点；我也乐意倾听当地人谈论这些，遂东扯一句西拉一句地闲聊着。颠颠簸簸的车窗外，时而有一簇簇烂漫的桃花闪过，间或闪过的，还有果园矮墙上探出头来的苹果花。

期间的一天午饭时，一位热情的大妈到饭桌旁邀请大家去附近看正在举办的一个展览。出于好奇和热爱，顺便可以在饭后散散步，我们三人决定相伴前往。大妈一路上都在絮絮叨叨地说着自己走上书画之路的初衷和收获，以及大家筹备这个展览的种种艰难，情绪十分激动。不大一会儿，我们就到了镇上的一处民房。床上、桌上、沙发上、墙上到处都是字画，而它们大多明显处于学习阶段，还很稚嫩。这些书画作品被简单装裱后或挂或铺着，有的甚至没有装裱，只是被精心卷放在一起。房子的陈设布置极为简陋，书画的纸墨也都不甚讲究，唯一让人难以忘却的，是老人们的热情。

守候在那里的是一位老爷爷，他的话不多，但看到有人来明显很高兴，立刻起身热情又局促地招呼着大家，他沟壑纵横的脸庞真诚地绽放成一朵花。带我们去的大妈则更加热情，一刻不停地一幅幅地给大家讲解着、翻看着。有的作品标签上还用怯怯的笔迹标明价格。老人们的眼神里尽是期待，让人不忍直视。

那些或写意或工笔的花花草草中为什么偏偏没有桃花呢？一瞬间，我竟有些莫名地怅然若失，脑海中旋即想起刚到北田那晚的一些见闻。

从榆次老城回到镇上时天色已晚，错过了晚饭时间，我们几个人遂在镇上一家夫妻档小饭馆里品尝了一些当地特色吃食。兼做厨子的老板和兼做服务员的老板娘竟从小学一路同行，直至结为夫妻，儿女们也都很成器。饭馆门口挂着的大玻璃相框里展示着他们年轻时的一张张合影。那些黑白照片记录了一段段历史，也记录着两人共同的美好过往。

与夫妻俩挥手作别后，我们一行人在小镇寂寥昏黄的路灯映照下往回走。我在中途回眸望去，发现我们已经走出老远了，夫妻俩还站在店门口观望着，店里明亮的灯光把俩人的影子投射在店铺前的路面上，拉得好长好长。我突然觉得眼里一热：不知道小饭馆的门口有没有一棵桃树呢？

如果有，想必此时一定已经是花团锦簇了。

欲望给我们不安，但让我们保持警觉，激发生命力。

邂　逅

“你好……”听到声音，她放下手里端着的相机，扭头望去，那是一张灿烂的笑脸。

好阳光啊！她的心为之一动，之后，又很快投入到眼前的工作中，无暇顾及其他。

晚饭时间，她发现旁边坐着的竟然是他。是意外的巧合，还是……她心里竟有一种说不出的异样的感觉。

那种宾主双方彼此都努力应酬的经历多了，她也渐渐习惯，谈不上喜欢或者不喜欢。喜欢又能怎样，难道沉溺其中？不喜欢又能怎样，难道能以困乏至极为由离席而去？不是主要角色，自然不必过于热情或不热情，她只默默地低头喝着温度适中的茶水，夹几筷子转到自己跟前的菜蔬，静静地等候散场。

席间，有人借着酒劲开始引吭高歌，是些腻歪的民歌，歌词里尽是哥哥妹妹想啊念啊的。她跟着一起乐和，并适时地热烈鼓掌。

没有想到的是，这种热烈奔放的场面进行了一阵子后，有人起哄让她唱。虽然她也勉强算作一枚资深麦霸，不过在这样的场合大声酣歌却不是她的长项，但又不好扫了大家的雅兴。她想，摇滚音乐和流行音乐就免了，还是民歌更够味儿，也更适合这样的场合。她有些羞怯地站起来，扶着椅子靠背，斗胆哼唱了几句陕北民歌。歌词中表达的那种爱而不得的纠结令她略显尴尬。她的脸顿时就红了，声音自是颤抖得一塌糊涂，歌词倒没出什么错，但那调子早已不知跑到哪里了，恐怕三匹快马也难以追回。唉！

重新坐回座位后，她悄悄瞥了他一眼，发现他好像并没有往自己这边看。她暗自舒了一口气，好不容易挨到散场，赶紧逃离。

席间，他貌似很自然地要了她的联系方式。

那一夜，她睡得并不好，辗转反侧，心绪不宁，几次起身伏在窗边。

窗外正下着这个地区司空见惯的雨，淅淅沥沥、时大时小，亦如她那难以言说的情绪。不知过了多久，她才倒头昏沉沉睡去。一早起来收拾好行李，她急匆匆地去餐厅随便吃了点儿东西，拖着行李就上了车。那天，她是最后一个上车的，很是难为情，上车后就灰溜溜地坐到了最后边。无故浪费别人的时间，并不是她的作派。

次日的活动行程依旧安排得很紧，她很珍惜这次出行的机会，全身心地投入，亦无暇顾及其他。

途中，她乘坐的旅游大巴车停下来，他走上车，言语真诚地跟大家道别。她恰好坐在二层第一排，犹豫了一下，转身看去，目光所及却是他的背影。莫名地，她心里有些怅然。

途中，依旧是雨。然后，还是雨。

浏览微信，她发现他曾是一名援藏干部，遂心里一热。她喜欢西藏，曾两次去过那里，走马观花似地到过拉萨、日喀则、林芝和珠峰大本营等地，进过真正意义上的藏民家里，吃过据说比较纯正的藏餐，深入采访了几十位曾在藏区工作过的内地干部、长期在那里工作的汉人以及藏族土著，走进过他们的内心世界，围观了一些关乎亲情、友情和爱情的苦辣酸甜，陪他们落过泪，也分享过一些温暖而又美好的记忆。这些经历或惊心动魄，或平淡无奇。不知是不是这些经历，还是其他什么，给他套上了一个神秘的光环，使她在心理无端地拉近了跟他的距离。她不知道，她真的不知道。

人的一生十分短暂，若要文绉绉地说，则是稍纵即逝。在这短暂的一生中，人能做的事情相当有限，不可能经历所有的生活方式，只能经历其中的某一种或某几种。一位演员曾说过，自己喜欢演员这个职业的原因是可以体验不同的人生。而她之所以这些年来一直坚守在记者的岗位上，也是因为记者这个职业在这方面跟演员有许多相似之处。

在人生旅途中，有的人即便手捧娇艳欲滴的鲜花，日日守候在人群密集处，与人撞破衣衫也未必有那惊鸿一瞥就心有戚戚焉的偶遇。而有的人，兴许手里连一把人们司空见惯的狗尾巴草都不曾拿着，然而，在漫不经心转身的刹那，就会有电光石火般的震撼与惊艳。

之后，她依旧如往常一样忙忙碌碌。忙碌倒并不可怕，可怕的是她觉得自己慢慢地竟多了一些牵挂。起初她并未在意，但再忙的时光里也总有闲暇之时，一些细细碎碎的情绪有时竟让她的心揪扯缠绕、欲罢不能。

偶尔，通过微信，她会跟他有一搭没一搭地闲扯几句。他们俩都有自己的人生轨迹，以后的历程中貌似也不会有什么交集，但她的心里总忍不住要扑腾几下，莫名其妙。

这是怎么了？她一直拿矜持当盾牌，总是暗自竖起身上假装存在的刺，当作盔甲，与他人和周围的环境保持适当的距离。她从不主动伤害他人，也避免各种潜在的伤害，除非她愿意卸去伪装，打开自己。

心里纠结万分，她不知该怎么做。虽然什么也没有，可又好像有些什么。她说不清，道不明，更搞不懂。这些情绪甚至在某种程度上已经影响到了她的睡眠，让人不可思议。

揪扯几日，她突然决定拉黑他，看不见，自然就不再联系了。如此，她便可重回常态，甚好！

于是，她告知对方一声，果断将其加入黑名单。

只是，隐隐地，她觉得心里有一丝疼痛的感觉。

我和“爸爸去哪儿”

上中学以前，我在陕北黄土高原上的一所乡村小学读书。每逢寒暑假，我都会跟着在县广播电视局工作的爸爸去他的单位度过一段快乐时光：一则那时的假期作业少得可怜；二则也能长点儿见识。

那时，爸爸是一名编辑记者，经常在县里报道一些大型会议，有时也去本县各地采访。妈妈和我们兄妹当时都还在农村，爸爸算半单身状态。爸爸不会蒸馍，有时参加会议吃完饭，他会用黑色手提皮包装一些饭桌上未吃完的馍或包子回来。那个年代的人们还没有对塑料袋依赖到如今的程度，常常手边有什么就用什么来包装东西，有时甚至会直接拿报纸包。

县招待所大师傅蒸的馍和妈妈蒸的馍味儿不太一样，形状也不相同。虽然我家的日子过得清苦，但妈妈一直很乐观，她喜欢把馍揉捏成各种形状。妈妈蒸的馍用的是自家地里产的麦子磨的面粉，用现在的话说，那是正宗的绿色食品。妈妈发面用的酵子是上一次蒸馍留下的面团，用水把面团泡开后和面。馍的样子五花八门，又因面团总是发酵得很好，馍出锅时又总是东倒西歪。而招待所的大师傅们每天忙着应付各种会议宴请，哪有闲心去变着花样蒸馍，大都是把发好的面团滚成一个粗细均匀的长条，然后等距离地切开、蒸熟而已。一个个的馍，并不带有多少感情色彩。

爸爸每带一次馍回来，我们就能吃好几天。那时的会议好像很多，不会蒸馍的爸爸似乎也不太为吃什么而发愁，但间或也有断顿的时候。陕北大米少，吃米饭的次数并不多，偶然吃一顿会觉得很稀罕，所以爸爸主要就是做面条或烙饼子吃。

委婉地说，做面条和烙饼子都不是爸爸的长项。爸爸粗笨的大手总是把做面条的面团和得有些软，水和面的比例总是拿捏不好。而妈妈总能把面团和得硬而光滑，擀出来的面条又细又长又好吃，让人吃了一碗还想再吃一碗，吃饱了都还想再吃。柔软的面团被爸爸擀成软软的一个大面饼子，稍微薄一点儿的地方就不敢再擀了，再擀，就极可能会有洞或破损。爸爸要在面饼上均匀地撒下许多玉米面，以防它们互相粘连在一起。面条自然也不能擀太长，因为容易断。这样的面条入锅、进碗，体态会更加丰满，但韧劲和嚼劲都不怎么样。爸爸做的搭配面条吃的汤也委实勉强。他总是不等到锅里的油热就放切好的各种菜蔬，它们发出的“噼里啪啦”的声音分贝，自然远不及妈妈烹饪时那么“大嗓门儿”。

简直无法企及！

至于爸爸烙的饼子，我就不在这里细细叙述了，实在是不足为道。不过他烙的饼子却要比他做的面条好吃许多倍，因为爸爸烙饼子时给锅里放油一向比较大方。如果再卷着细细的炒土豆丝吃，啧啧，那可真叫一个美味呢！

有一次不知去哪里采访，爸爸实在不便带着我，就把我一个人留在他的房子里。他取出一瓶罐头，给我打开，再三叮嘱，如果饿了就自己吃罐头充饥。也许是肚里缺油水饿得快，或是正处在长身体年龄的人本来就容易饿，没过多久，我就取出小勺子，把一瓶子罐头很快给吃光了，就连瓶子里的汤汤水水也彻底喝个精光，却还觉得饿。搜寻一番，我没有找到馍或者饼子之类的吃食，但很快在案柜一角发现了几个鸡蛋。我取出一个，学着爸爸的样子，把平底锅放在炉子上，从油桶里倒了少许油，把电炉子的开关打开。

爸爸做饭时我虽然常常蹲在一旁围观，但围观别人和自己亲自操练却大不一样。锅里的油很快就发出“**嗞嗞嗞**”的声音，我一时慌了神，赶紧用案柜的角把鸡蛋磕破，让蛋清和蛋黄流进锅中的油里。看到鸡蛋在滚油里又是翻腾又是“嗞嗞啦啦”的，才想起来忘记拿铲子了。

当全家搬到县上后，这样有趣的日子就基本结束了。

虽然我和爸爸在二十多年前就已经在开心地玩着“爸爸去哪儿”的“游戏”了，但只因身为小人物，也缺乏策划包装以及各种媒体的持续关注和粉丝们的倾情追捧，我们一直在陕北黄土高原上默默无闻地生活了好多年。而好似涂了防腐剂的林志颖和他的掌上明珠 Kimi，在节目进行中的每个细节都能引来各路人马的热情围观，让人羡慕不已。

名人，就是和咱普通老百姓不一样哪！

只是不知我这样慨叹，您觉得酸不？

那一夜，我泪流满面

这一年多来，我在电脑上敲下了许多文字，完成了一些必须完成的任务，记录了工作和生活的点滴、琐碎。然而那一夜的流泪，我却一直不敢碰触，虽然我不止一次地和朋友们提及。在又一次被朋友鼓励“还是写下来”时，我妥协了。

掀开刚刚过去的那一页，我一个跟头就栽了进去。

“漂”的日子里，我有时会和要好的朋友们一起去“腐败”：或K歌，或泡吧，形式其实并不重要，重要的是那份心情。一天，我正在上班闷头干活时，好友鱼丢过来一句话：“今天下班后有事吗？”“暂时没。”“好啦，下班后跟我走，有一个主题是怀旧的音乐会。”“OK。”下班后，我们先是找了一家火锅店美美地饱餐一顿，然后舟车一番抵达音乐会现场。不用猜就知道，鱼是这里的常客，熟门熟路，我则带着几分好奇和闲心，紧随其后。

我们到达时，里面已经有了一些人，人声和音乐声混杂一起，看上去很热闹，但秩序井然。吧台边围坐了一些人，台子附近很少的几张桌子边也坐了一些人，更多的人则是站着，手里拿着饮料或矿泉水瓶，和身边的人凑近说着什么，或者只是兀自站立，随着音乐摇晃，等待音乐会的开始。第一次发现音乐会原来也可以这样自由、不羁，台上台下可以如此的近距离。我对这里的一切都充满好奇，按捺不住，问了鱼一些极其弱智的问题，她不厌其烦地一一作答。后来，我不忍再问，只瞪大一双好奇的眼，四处张望，内心充满更多的期待。

鱼是优秀的！见她的第一面，我就深深地喜欢上了她。而她，则坚持认为那是我们的第二面，因为几年前，她曾在一个会议上见过我并和我打过招呼。可是，对于她认为的“第一次”，愚钝的我却不曾有任何记忆。因而，鱼曾对此有些耿耿于怀。她一次次提及，我则一次次解释，我们都乐此不疲，直到有一天，彼此都不再提及。但偶尔，我还是会有解释的冲动。

身为同事的我们，曾一起外出采访，共同完成过一些“难啃的硬骨头”，她自然是冲锋在前，我能做的只是一些配合工作。情人节的夜，我们一人一瓶“小二”，最后不得不在餐厅服务员礼貌的规劝中互相搀扶摇晃着离开。加班至深夜时，我不敢独自回住处，鱼收留我，并亲手炮制精致的消夜。晨起，我静静地坐在她家客厅，和被她称为“孩子”的两只猫咪对视，并为它们画了几幅漫像，心底默默地念：如果有来生，我一定变身一个优秀的男人，然后娶一个像鱼这样优秀的女人为妻！

音乐会开始了。

第一位上场的美女梳着20世纪八九十年代流行的发型，似曾相识。是的，她在模仿邓丽君，模仿她靡靡的甜腻声音、经典的造型和唱歌时的招式。她，像极了她，虽然我明明知道她其实并不是她。执拗的我，一直非常喜欢邓丽君的歌，有几套她的经典歌曲集，数次搬家都不舍得丢弃。她唱完后，掌声自然是超乎想象的热烈。又一位歌者上场了，他的劲歌和狂舞已经告诉我，是“费翔”！还有“郭富城”“黎明”……想来，主办方一定也会是我的朋友，要不怎么会那么了解我的心思呢！

又一位女歌者登场了，在雷鸣般的掌声中还夹杂着一些尖啸的口哨声。感性的我，早已激动得一塌糊涂。而她一张口的声音，竟让我呆住了。一个声音告诉我：她绝对不是在秀别人！她是她自己，罗琦，就是她——指南针乐队的主唱。

只一瞬间，我就泪流满面，声音哽咽着对鱼说：“是她！就是她，她是罗琦。”我一直喜欢她唱的摇滚，虽然这些年来，我也会喜欢其他歌手的歌，可是对于她的热爱，一如既往。

鱼撺掇我去索要个签名什么的。我说：“不！我喜欢她，就只是喜欢她，简单、纯粹。我不会刻意打探她的过去，也不愿过多了解音乐之外的其他，只要喜欢她就够了。”其实我还是忍不住想要走近她，告诉她，有一个人多年来遥遥地喜欢着她。她连唱了几首歌，我任由激动的泪水在脸颊上恣肆。

终于，她道声“谢谢”然后从台上走下来。而我，不知从哪里来的一股子劲儿，奋力挤过拥挤不堪的人群，挤到她面前，大声对她说：“罗琦，许多年前我就喜欢听你唱歌，许多年后，仍然喜欢。我会一直喜欢下去的！”她稍稍一愣，然后笑着对我说：“谢谢你！”我们热烈地拥抱，然后真诚地分开。

一次又一次，因为那一夜的泪流满面，我觉得：生活真好！

莫测先生

好多年前，我就经常在一些报纸上看到署名“莫测”的版画。无论黑白版画，还是套色版画，每次看到，我都忍不住多看几眼，因为他的版画很耐看，值得人回味品咂。后来，我在自己编辑的版面上放了几幅莫测的版画作品，并按地址寄样报给他。几天后，我接到莫老打来的电话。虽是七八十岁的人了，他依旧声音高亢又热切地对我发表他的作品表示感谢。我亦有些惶惶然。

一天，他在电话中邀我有空时去他家聊聊，我自欣然应允。一来二去，我便和这位让人尊敬的老艺术家成了忘年交。老人有时会送我几本书，都是我求之不得的美术书籍。每每捧在手上阅读，我都会欢喜得不得了。

一个下午，我再一次去他家时，老人家正在套色印刷一幅新近创作的版画。征得他的同意，我取出随身带着的照相机全程拍摄了老人雕刻修改、调色、套色、印刷，再雕刻修改、调色、套色、印刷的全过程。

午后的阳光从那座灰色老楼的玻璃窗外照进来，明媚、亮丽。我生平第一次如此近距离地观看版画的创作过程，完全被版画创作的繁复工序和它特有的艺术魅力深深吸引。老版画家完全沉浸在自己的艺术创作中。雕刻时的他，鼻梁上架着一副老花镜，胸前系着围裙，手臂套着套袖，从旁边的工具包里取出合适的雕刻工具，神情专注而又极其细致地一点点剔除多余的部分，然后拿起刻板，在阳光下从不同角度去观看，修改；再看，再改。套色印刷时，他取出大小合适的纸张铺在刻板上，一次次仔仔细细地看着刻板和纸张上的标记，努力对齐，夹在一台已经有些年岁的机器上，动作娴熟又极有力地扳动机器旁边的胶棍。

很快，一幅版画的初稿就展现在了眼前。

从机器里取出印好的画作，老人并没有立刻表现出十分满意的神情，而是迎着窗外的光线，继续从不同角度一遍遍地寻找画面的不足，力求尽善尽美。虽然在我看来，画面已经十分完美了。

他，沉迷于自己的版画艺术创作中；我，则沉浸在另一门艺术的美妙享受中，并不断按动相机的快门。偶尔，老人会抬起头来看我一眼，我们互相给对方说：歇会吧！

我多么希望，那段时光能够凝滞。

几天后，我把拍摄的照片精选并略作处理后冲洗出来，装在一个小影集里，并把其中自认为能代表老版画家艺术创作的照片加洗了许多张，装在一个纸袋子里，以备他用，另外还放大了一张，装在一个精致的水晶相框里。我并不以为自己拍得有多么好，只是觉得自己是在用心拍摄，而且也算拍出了一位老艺术家的风采。

再一次去他家时，我把影集和照片都交给莫老，没想到他竟高兴得像个孩子，把相框放在画室一侧的书架上，不停地翻看着影集里的照片笑着、说着……看到老人快乐，我得到的快乐则要更甚。

我和漫画界泰斗华君武有过一段书信往来，而我们之间的交往亦成为艺术界一些人们传诵的一段佳话。有趣的是，莫老多年前就和华老是极要好的朋友，华老在世时每年都寄贺年卡给莫老，还总是在贺年卡上调侃地称呼莫老为“高深莫测”。因之，莫老觉得我们之间的友谊又进了一步。

之后，他执意要送我一幅画作，我怎样婉拒都不行，只得接受了这位前辈的馈赠。在一次去中国美术馆观看展览时，我顺便在美术馆附近的一个装裱店铺给这份珍贵的礼物装了画框。

在枣红色画框的映衬下，橘红色调的画面更加完美，套色印刷的版画向观者展示着耕耘与收获的普遍道理。

虽然一分耕耘并不一定就会有一分收获，但不去耕耘，则连收获的可能都不会有。

生活给了每个人
不同的礼物。

我不是“花木二二女”

早春时分，好友鱼从外地打来电话说，她从网上给我邮购了一些多肉植物。植物、栽种的泥土和花盆是从不同的地方邮购的，让我留意。

多肉植物？啊，好期待哦！可是我不太会养花弄草啊！电话中，我把自己的顾虑告诉鱼。“没有关系啦！很好养的，你上网搜‘花木二二男’，他博客里有很详尽的讲解，告诉大家多肉植物怎样栽种、怎样浇水。你可以看看，学习学习，看能不能把自己打造成‘花木二二女’！”好友如是说，我只能欣然接受了。

还没有来得及期待，快递帅哥就已经陆续送来了大大小小的几个纸箱子。我怀着惴惴不安的心情一一拆开，拆开一个就有一阵惊喜。当打开一个较大的箱子时，我看见一团团白色的棉花状物质。透过空隙，我隐约可以看到包裹着的绿色植物。

太可爱了！我和一旁的小猫同学（**编者注：小猫同学为作者的女儿**）一阵惊呼，欢喜得不得了。小心翼翼地解开来，呈现在我们眼前的是大约三四厘米高的一些多肉植物，每一株都绿得透亮、水嫩，叶片和叶子也各有不同，让人真是爱不释手。

我们满心欢喜地把适量的泥土装进花盆，挑选适当的多肉植物极其小心翼翼地栽进去。看着一株又一株"肉肉"们入盆、列队，我激动兴奋的心情简直无法用准确的语言和文字来形容，但如果非要拿什么来形容的话，就用像是打了鸡血一样吧！那一夜，我睡得并不好。次日清晨，刚睁开眼，我就赶紧到阳台上去看它们，按捺不住激动的心情，忍不住又用手去轻轻触碰它们绿的、饱满的、肉乎乎的叶子。这些叶子像是襁褓中的婴儿一样，让人心生疼爱。它们的根须经过和湿土一夜的接触，已经吸收了一些水分，绿得耀眼的叶片比刚打开包裹时硬了一些，这让我无比欣喜。

之后的日子里，我经常抽空浏览"花木二二男"的博客取经，并按照鱼一再叮嘱的次数和量浇水。它们一天天地适应环境，开始生命的又一段旅程，浅浅地泛起一层新绿，悄悄地冒出一个个嫩芽。枝干上每多出一个凸起的绿芽，我和小猫同学都会激动好一阵子，为又一个小生命的诞生而欢欣鼓舞。其实不只是每天晨起时关注它，我晚上休息前，会向它们道"晚安"，每天下班回家后的第一件事也是关注它们，甚至看书画画时累了，或者吃饭期间都会端着碗，俯身热切地、满眼含情地望着它们：个头又长高了，叶子也大了一些呢！我也常常忍不住会用手去轻轻触摸它们肉肉嫩嫩的或碧绿或嫩绿的叶子，有时难免会留下一些触摸的痕迹。为此，我和小猫同学约法三章，互相监督：只许看，不许摸！每次围观时，只能双手背后，远观，绝不可以亵玩也。

当然，我和小猫同学对肉肉们的热情程度远远超出了小猫爸爸的心理承受能力，惹来他幽怨的眼神和若干愤愤不平的牢骚。

春尽夏至，肉肉们已经生长得蓬蓬勃勃，有的甚至从根部生长了好几枝。待它们长到两三厘米高时，我小心翼翼地将它们与母体分开，移栽出来。

时光流逝，天气越来越热，一株又一株新生的肉肉们被分栽出来，花盆愈发显得拥挤不堪。我甚至考虑要不要再买几个小花盆，以减轻它们拥挤的程度，但在小猫爸爸犀利的眼神以及不忿的言语逼迫下，只得作罢。

夏天的一个午后，我又一次伏在花盆边上傻傻地望着肉肉，突然发现花盆里有几只很小的白色虫子。这还了得！虽然它们数量极少，看样子也形不成什么气候，但已让我心生恐慌。我火速联系鱼，求她远程指导。她说：“去花卉市场买一些杀虫剂，喷上就好了。”谁知我腿一懒，从楼下小超市买了一筒灭蚊剂，回家后把所有花花草草全部集中到阳台上，捏住鼻子就是一番乱喷。到了晚上，我发现一些被药喷过的肉肉似有些骇人的变化，原来精神头儿挺足的肉肉们，竟然都掉了一层叶子在花盆里。

天哪！这可让我怎么办？本来是为它们好的，谁知却因为自己的疏懒害了它们，这叫我情何以堪！我简直恨不能当场抽自己几巴掌泄愤，只是犹豫再三又下不了手。

一夜过后，一些肉肉的叶子已经开始发黑、变蔫，更多的叶片则是无力地掉落在花盆里，像是吃了败仗的军队横七竖八地倒在战壕中一样，惨不忍睹。

也是天不绝人。当我怀着悲恸的心情把花盆里的残枝败叶捡拾到盆外时，发现疏疏落落的还有几片叶子顽强地坚守枝头，那些之前新生长出来被移栽后没多久的稚嫩枝苗，都没能逃过这场劫难，无一幸免都死翘翘了。

我不能让自己一直处于悲恸中，只能满怀希望，而且必须满怀希望，更加努力地对待其他依然顽强活着的肉肉们。

一切都会好起来的，一切正在好起来，不是吗？！

在我的精心呵护和小猫同学的胡乱掺和下，数月后，原本凋敝的花盆里又开始呈现蓬勃之势。

一次，鱼到西安出差时顺便来我家，一进门鞋都没换就急切地去阳台上围观亲爱的肉肉们。

看到她欢喜的样子，我故作大方地说："这样吧，你喜欢哪盆，带走，咱'过继'给你！"

鱼翻我一个白眼，说："才不要啦！我要回去好好养我家的肉肉，亲生的'娃'多好，我才不要抱养你的呢！"

"哇哈哈哈！你不要，咱还舍不得送呢。"

"就知道猫猫是个小气的家伙。"

"Ok！咱认了还不行嘛，小气又不犯罪，是不是？"

与冠军为邻的猫

冬日的北方是苍茫萧瑟的。一阵又一阵无情的西北风过后，它呈现出在这个季节本该有的颜色。那些在盛夏曾经茂盛，曾经蓬勃，曾经摇曳，曾经恣肆绚烂过、绽放过的花花草草们，已经变得枯黄，色泽晦暗，甚至有一些我不情愿看到的残败。好在，冬去总会春来，花败还会花开，我并不想在这个问题上浪费情绪。

陕西省射击射箭运动管理中心位于曲江，那是一个看上去很大、很辉煌，又很陈旧和沉静的院落。午后的冬日暖阳，闲闲地照射在大地上，投下斑斑驳驳的树杈的影子，在人不易察觉时悄悄移动。而岁月啊、人生啊、光阴啊、大好年华啊，也都是在这样一种不知不觉的状态中悄悄溜走。为了不至于在蓦然回首时恍然顿悟或是感叹自己蹉跎岁月，活在当下不失为一种不可多得的选择。

在这难得的静谧中，有谁在悄无声息地踱步而来？是一只通体黑色的猫。它身上浓密的黑毛像是柔软的绸子或者缎子一样，散发出特有的光泽，一双美眸淡然地望着前方。在我们视线相交的一瞬间，我没能忍住，心底怦然一动。

它究竟从什么地方来，又要到什么地方去？我不知道，却不可遏制地满怀好奇，遂半蹲在地上，傻傻地望着它，希望通过观察能略知一二。它在距离我一米左右的位置停下来，蹲坐在地上，兀自将毛茸茸的尾巴甩来甩去，偶尔，逗弄一下，自顾自乐，饶有情趣。就在我对我们这种状况感觉莫名其妙时，又一只不知来自何方的猫悄悄进入我的视线。我的天！它竟全身雪白，几乎无一根杂毛，如同一大团洁白的雪花，或是一团被遗落的棉花，也像是被堆放成猫形的白绫，娇柔、温婉。这两只猫并没有立刻靠近，而是在保持一定距离的地方停住，看上去似乎谁也没有走近谁的强烈愿望，而是在自己的领域里，观望对方，也观望着我。

时间在我们三个的彼此观望中一分一秒地逝去。

当我的好奇心正在渐渐衰减时，又一只猫悄无声息地加入了我们的队伍。它是一只花猫，毛色雪白，只在头部和背部有一片片浅灰色和灰褐色相间的毛，似乎有意而为。而它，在离白猫稍近的位置缓缓地停住脚步，距离黑猫则要稍远一些。

我不知道它们之间到底是怎样的关系，但是从距离的远近彰显出的亲昵程度来揣测，花猫和白猫的关系较之它和黑猫的关系应该要亲近一些。虽然它们之间并没有用声音或者肢体语言互相打招呼，不辨雌雄的我也不知道它们之间是否有过友情或是爱情，但明显能感觉到，花猫与白猫曾经很熟悉。这种熟悉，恍如作家张爱玲所说的：于千万人之中遇见你所要遇见的人，于千万年之中，时间的无涯的荒野里，没有早一步，也没有晚一步，刚巧赶上了，那也没有别的话可说，唯有轻轻地问一声："哦，你也在这里吗？"

猫无言，人有语。

在这个诞生过一个又一个冠军的地方，与猫们偶遇，纯属偶然，但与快乐相逢，却是必然。

思念从分别后开始

不知怎的，我突然从夜梦中惊醒，伸个懒腰，揉着惺忪的睡眼，虽依旧十分疲倦却怎么也睡不着了，于是，爬起来开始敲字。

因为一个十分紧迫的任务，我在某个时间段里密集地遇到许多人，听到许多事，看了许多文字和图片资料，还有各种形式不同但却主题相似的雕塑。我一次次地泪流满面，甚至泣不成声，既为那些早已远去的人和事，也为一些近在眼前的纠结。

在不停行走的生命中，我们总是会遇到这样那样的人。有些人会随着光阴的流逝而背影变得模糊不清，甚至在生命中不留一丝痕迹，仿佛根本就不曾来过。而那些如同大浪淘沙之后留存下来的美好记忆，才是人生的珍宝，在任何时候拿出来品味，都会有回味无穷之感。

我总是不能忘记某次短暂的相遇，虽然并不算是多么惊艳的一瞥。

一路上匆匆忙忙，为何偏偏记住了那样一个片段？我不知道。那不过是漫漫行程中极其短暂的一次停留，从前一日下午到次日上午，甚至连二十四个小时都不到。在那个场合，每个人都有自己的角色需要扮演，属于典型的应酬和互相应酬。就是这样貌似例行公事的一个遇见，竟然让我不能够轻易放下，以至总是在夜深人静的时候反复回味，回味那些根本用不着细数的点点滴滴。

也许因为彼此间实在过于陌生，那种完全不了解的状态反而激起一种莫名其妙的好奇，或是因了对某地的向往，才由此而生发出一些爱屋及乌、细细碎碎的思念之情。这都很难说。

人实在是个奇怪的物种，有些东西近在咫尺却熟视无睹，有些东西远隔天涯却日思夜想。既如此，为何不在擦肩而过时多看那么一眼，或者，目光交汇时停留的时间再长一点，这样，可回忆的就会更多、更美好。令人沮丧的是，人终究是不可预知未来的，身处其中时并不会知晓以后将会发生的事，所有才会有遗憾、有懊恼、有不甘。

时间有时候过得很快，有时候却又过得很慢。有时候感觉时间稍纵即逝让人忧伤，那是因为美好的东西留不住，随时间流走颇觉惋惜；有时候感觉时间遥遥无期也让人忧伤，那是因为未来有太多的不确定性，不知什么时候才能再续前缘。其实，时间本身是不会发生任何变化的，感觉忽快或忽慢，都只是人心境的外露而已。

一次次自问，这种所谓的放不下，究竟是放不下什么？又有什么值得自己放不下呢？这是一个看似简单实则没有答案的问题。天底下的许多事其实是没有道理可言的，也是说不清道不明的。什么事情都搞得明明白白，虽然可以活得轻松自在些，但也会少了很多人生的乐趣。

匆匆的行程中，不记得从哪里看到一句话：珍惜自己的鱼和熊掌！

那么，问题又来了：到底哪些是自己的鱼，哪些又是自己的熊掌呢？

这个暗夜，不，已经又到了新的一天，宾馆外的街道上，车声、人声依稀可辨，每个人都只顾自己的苟且，没人知道一个临街亮着灯的窗户里，有人在辗转反侧。

人们大都喜欢怀念自己青春年少时的模样，或许只是怀念那时可以恣肆挥霍的大把青春吧。那么，现在一次次被反复咀嚼的，到底是那时的自己，还是那时自己并未在意的漫不经心的遇见？

一个朋友

曾经，总是没完没了地忙活着看上去好像没完没了的工作，日复一日，颇为压抑。感觉不管去哪里，只要能离开这个让人沉闷的环境，心情总是轻松的。

忽一日，有一出差的机会。一段愉快的行程之后，我到达了目的地，那是河南的一处有山有水的地方。山水让人忘情，也忘忧。我自然激动又放松，恰好同行的人也都不甚熟悉，就只顾自己游玩。我看山看水，感受美景带来的愉悦，不曾注意到一双眼睛已经在注意着我。车行途中，我观望着车窗外的美景，期间，有热心的人还组织大家演节目，或唱或跳或讲笑话、讲故事。我是一个慢热型的人，不论在哪个团队，都不可能一下子和大家熟络起来，而且这次外出又为了散心，所以并不愿意和太多人有太多沟通，因而，不打算参与。但轮到我时，我还是不得不在众人善意的玩笑中站起身，走到车前拿起话筒，应付一下。用了“应付”二字，其实并不是想应付大家，而只是应付那样的场合。

之后，我继续望着窗外，虽然满眼是湖光山色，但思绪却飘飞得好远，想自己所想，刚才的尴尬和应付早已被抛弃到了脑后。组团旅游就是这样，上车睡觉，下车拍照，就算景再好，可是被一堆拍照的人遮挡着，被吵吵嚷嚷的声音搅扰着，夹杂了太多其他东西，这景也不纯粹了。好在我并不是专门为之而来，而只是为了放松，可以不用每天都坐在办公室里朝九晚五地耗着，也不用扛着摄像机和照相机跑前跑后地忙碌。渐渐地，我注意到了有一双眼睛在盯着我。

终于，她开口了：“你为什么看上去总是不开心呢？为什么不和大家一起玩？”“因为我和大家都不是太熟。”我说。“可是慢慢地就熟悉了啊！”

等到整个活动结束时，我和她已经很熟了。之后，我们偶有联系。再后来，当我们在同一座城市工作时，她给过我许多帮助，给了我许多很好的建议。我们交往渐多，友谊渐深。一天，她告诉我，她的工作换到了阅览室，我立刻很关切地专门去看她，其实主要为了看书。

面对她管理的虽然积了些灰尘，但却摆满了书籍的阅览室，我不免“哇”了一声，同时，瞪得很大的眼睛里冒出一团炽热的火焰。我立刻就热剌剌地扑过去，投入了阅览室的怀中。

我先是粗粗浏览，看看都有什么书，有哪些我喜欢的作家的作品，接着，又过了一遍，确定自己应该重点对哪些架上的书展开“攻击”，然后，放下肩上背的包，向自己看中的书架直扑过去。一层层、一本本地细细浏览，当看到自己心仪的书时，我还是会不可避免地“哇”一声，随即将其从书架上取出来。

她静静地坐在一旁，一直笑着，笑着看我欣喜若狂的样子，笑着看我每取下一本书时的大呼小叫。我想，此时此刻，她开心的程度绝不会亚于我。

她面前的阅览桌上堆放的书越来越多，越来越高，而我的热情却丝毫未减，反而更加兴奋。我一边翻看着架上的书，一边嘴巴不停、头也不回地向她讲述我缘何要找这本书，因为书本身，还是因为书的作者。我语速快、声调高，声音因过于激动而稍稍有些颤抖，同时，脸颊因过于激动而有些绯红。如果坐在椅子上的是别人而不是她，或许会觉得我太不正常了，虽然这种不正常是外因导致的。而她，却很能包容我，无论我怎样激动，或者怎样表现夸张，她都可以包容。

当我激动兴奋的情绪渐渐平复，自己也因接连不停地讲话而口干舌燥时，我不好意思地笑了，为她的包容，也为自己挑出的一堆像小山一样的书。我转身对她说：“你不能再这样了！

你太纵容我了，这样对人家可不好哦！”

她说：“没事的！我都习惯了。你就是这样子的人，你如果不这样了，还真是奇怪了呢！”

你说，有她这样的朋友，我是该开心呢？该开心呢！还是该开心呢。

饺子夫妻

他是一个胖胖的中年男子，中等身材。从我见到他的第一眼起，他就戴着一顶白色的瓜皮小帽，那是一种标志，表明了他的身份。

他总是穿着颜色和款式都极普通的衣服，粗壮的腰间总是围着一条长至裤脚的深蓝色布围裙，不能说有多么干净，但也没有太多污渍。脚上穿的是什么鞋呢？有时是一双不太白的旅游鞋，有时是皮鞋吧。总之，它们都藏在长长的围裙下，所以我对它们的印象不是很深，不过这些都无关紧要。他做事一直不急不慢。在一旁忙碌的他的妻子，要比他矮一些，腰身稍微瘦一些，但按她的身高算，也算是胖的，她的衣服也是同样的普通，只是没有戴他那样的帽子。

时代在变，社会在不断进步，但从他和她的着装上看不到任何迹象。她的腰间也围着一条长长的布围裙，遮挡了她的鞋。

我无聊地猜，为了方便和舒服，应该不会是高跟鞋。他们俩很有夫妻相，并不总是微笑着，更多的时候是面无表情，或者看不出喜忧。他们在一个社区门面房里开了一家牛肉饺子馆，我见到他们时，这个小饭馆已经存在许久了，从饭馆墙壁、招牌和桌椅的新旧程度可以看出来。至于到底开了有多久，也不重要了。

那家小饭馆里总是坐着一些食客，有时，天不太冷的时候，饭馆门口还会摆几张桌子，桌子旁也经常坐着一些食客。我第一次去那里吃饭，纯属偶然。饭馆的面积不大，估计不到 10 平方米，被一块玻璃隔成两个区域：就餐区和厨房。就餐区里面搁了三张桌子，一些长方形凳子，全坐满，也不过能坐十一二个人。桌凳都很旧，还有破损，桌上有污渍，有抹布擦过后不够干净的痕迹。就餐区靠里面放着一个大冰柜。玻璃隔断醒目位置上贴着一张价目表。价目表上只有四项内容，其中两项是供应的主食：韭黄牛肉饺子和牛肉面，价位不算贵，但也不算便宜。另有汽水和餐巾纸，没有菜品。厨房后半部分堆放着一些面粉及其他物品，有一个带桌子的木质柜子，上面摆着各种调味品，旁边紧挨着的是一张硕大的案板，堆着和好的面团，一盆饺子馅儿。靠门口处是一个用废弃油桶改造的火炉，一个小电风扇在“呼呼呼”地吹着，炉膛里火焰熊熊，上面放一口大锅，锅里面汤滚滚，饭香扑鼻。

“老板，半斤饺子！”一位食客喊道。

“坐！”他看了一眼食客，说道。

食客自己找了个空位子坐下。

她从堆在案板上的面团里揪下一块，开始揉成条状，并很快地用刀“当当当”地剁成小疙瘩，右手三个指头轻轻一压，左手拿过小擀面杖，右手极娴熟地旋转着面片的边缘，随手一转，左手滚动着擀面杖。小小厚厚的面饼，只几下就变薄变大。啪！她把擀好的饺子皮拿起来轻轻丢在饺子馅附近。

他顺手拿起来，右手拿过一个木质片状的物件代替勺子，从堆放饺子馅的盆子里轻轻挖起一些，量不多也不少，然后在左手的饺子皮上一抹，同时抬起左手的几根手指，这些饺子馅就全部停留在了饺子皮上。他放下右手的木片，左手大拇指把饺子皮的边往上一推，张开右手虎口，用大拇指和食指在折成半月状的饺子边上轻轻一捏，左手也是同样的动作，月牙状的饺子边缘立刻被捏出许多花纹，一个被捏好的饺子也就成型了。

她在擀好前一个饺子皮后，又拿过一小疙瘩面团，用右手三个指头轻轻一压……

他把捏好的饺子轻轻放在一边，继续包下一个。

一个又一个大小薄厚适中的饺子皮从她的手中飞出。

一个又一个大小适中的饺子从他的手中不慌不忙地诞生。

很快，一份饺子的数量够了。他掀开锅盖，大铁锅里的水早已上下翻滚。他拿过一个篦子，把案板上的饺子都拨上去，“咕咚、咕咚”，饺子们欢快地争先恐后跳下锅。他用一把大漏勺从锅底一搅，然后盖上锅盖。火炉下面的小风扇呼呼地吹着，只片刻工夫，饺子就已经在锅里翻腾开了。

他再次搅动。

滚过两次后，他问：“干的？汤的？”

“汤的。”

“啥都要？”

“嗯。”

他拿过一个大海碗，用一个小勺子一一舀起盐、辣子、酱油、醋、味精、小虾米……再用一把大勺子舀了一些面汤浇上去，最后用大漏勺捞起饺子，轻轻倒进去。

如果是吃干的，他则用一个小碟调制一些蘸料，用一个大白瓷碟子装盛捞出的饺子，食客面前是一大一小两个碟子。

一股香气从热气腾腾的饺子上散发出来。之后，不用叙述了，食客拿起筷子，开始大快朵颐。

其实，他家的面条也是很美味的，但用如此多的文字细碎唠叨地叙说美味饺子的制作过程，只是因为我更喜欢吃他家的饺子。但文字毕竟单薄，远远不如亲口品尝美味来得爽快！

做梦，实在是个高强度的
体力活，还要技巧，
真累。

尘埃里的花朵

张爱玲生命中仅有的一次倾情绽放，便是出现在与胡兰成相遇之时。那段饱受世人诟病的爱恋持续的时间并不长，深艳盛开的时间只有短短数月，之后，便是快速凋零、日渐枯萎，最后连一地鸡毛都不曾留存。一个人在什么时间能与什么人相识、相知，是根本无法预见和掌控的，更何况爱恋更是没有什么道理可言的事。

世间被称为才女的甚多，才情有如张爱玲者并不多，而孤傲如张爱玲者则更是少之又少。孤傲，是因为她有高度、有广度的视野，有极其丰富而又强大的内心世界，有自己喜欢的事情可以做。这些事情不但可以让她有尊严、有品质地活着，而且能让她活出他人艳羡的状态。因此，总是沉浸在自己世界里的她，便被视为孤傲。

张爱玲在文学方面的成就一直为她所处的那个时代的人

们追捧和津津乐道，即便时至今日，她的影响力依旧不减。她一贯我行我素的社交方式和个性鲜明的着装同样是那个时代人们的谈资，更是现当代文学界很多女性争相效仿的对象。于她而言，怎样活着完全是自己的事，跟别人半毛钱的关系都没有；于别人而言，一个名门之后，又正值适合婚嫁的年龄，纵使才高八斗，终究是需要走进婚姻这座围城的。

然而，世人皆醉，唯她独醒。她其实很早之前就已经看透了婚姻的本质——她亲身经历了父母之间千疮百孔的现实婚姻并深受其害，亲耳聆听了庞大家族里众亲友各种布满虫洞的婚姻现实，还有一直单身的姑姑的言传身教。

张爱玲曾说过：生命是一袭华美的袍，上面爬满了虱子。婚姻也是一袭华美的袍，只是上面爬着的除了虱子，还可能会有苍蝇、蚊子，甚至其他什么惹人厌烦之物。

看清事物的真相后，人就不会太过于盲从。看得清楚明白，才会冷静思考，从容面对。

张爱玲一直是我喜欢的作家，因了这喜欢，便对她多了一些关注和思考。我常常在想，一个人会成为怎样的人，或许跟其出生的家庭、成长的环境、阅读的积累以及个人的禀赋和脾气等有很大关系，但有时又很难说清楚究竟有多大的关系。她的同胞弟弟，除了跟她一样都被父母视为累赘之外，其他方面就远远无法跟她相比，无论是文学成就还是社会地位，无论是受关注度还是生命历程中的境遇。

张爱玲是华语文坛一棵不老的常青松，她的文字并不因几十年光阴的变迁而少人阅读，相反，一浪高过一浪的“张爱玲热”不停地席卷大陆和港台，她身前身后都拥有无数“张迷”。而她的弟弟，那个同样自幼缺爱，被冷落、被嫌弃，却也阅读甚广的张子静，不过是她生命不远处的一棵偶尔被她瞅一眼的不争气的狗尾巴草。

再回到张爱玲和胡兰成的那点事儿上。

二三十岁是一个人生命中最美好的年华，尤其对于女性而言。在这个阶段遇见谁，或者被谁遇见，都会成就一段美好。在这样的花样年华里，张爱玲这样一位才貌俱佳、出身甚好且可以自食其力的妙龄女子，本是不应少人爱的，然而现实状况非也。让我一直难以释怀的是，大上海那些有颜值又有才情的帅哥不知都跑哪儿去了，愣是让胡兰成那样一个渣男钻了空子，不但成了她的初恋，而且成了她心上永远的一道疤。

但，这或许也只是旁人狭隘的一己之见。她跟他的生命交互虽然短暂，但这短暂的交互也曾照亮过她和他的人生，给她带来除亲情、友情之外的另一种从未有过的人生体验。

那滋味有一丝甜意，有些微酸涩，又有那么一点点苦不堪言。这段交互虽然短暂，但可能是她整个生命淬炼的精华；虽然结局落寞，但却有过浓艳热烈的过程和每每回味起来都值得反复咀嚼的开始。

自从认识了他，她一低再低，直到低到尘埃里去。虽然那时的她是欢喜的，但多年来，每次读到她跟他的事，我总是心情难以平复，莫名地有些愤愤然。

有时我会想，到底是他错了，还是她错了？为什么她对他的爱偏偏是低到尘埃里，而不是低到小河边、大平原、草地上的泥土里，或是花园里，就算是低到花盆里也好啊！因为种子一旦被种入各种泥土后，若是被浇水施肥、适当呵护，假以时日是可以生长及至开花结果的。唯有落入尘埃的种子永难生根发芽，更妄谈开花。

我深知张爱玲和胡兰成的感情纠葛离我十万八千里，跟芸芸众生中的你我没有一星半点的关系，与你我的经历也难以有任何相仿之处，但这并不妨碍我在梦醒时分突然想起她以及她的那些过往。

她的那些过往早已风吹云散，只是曾激荡过她的心灵，如今又在咬啮着我的心灵。

我们怀念陈忠实什么

陈忠实先生病逝的消息几乎席卷了整个文艺界，甚至在普通民众中也引起了不小的震动。缅怀活动渐渐趋于平复，但实际上却一直没有真正停止过，只是媒体上的报道没那么密集了。各种形式的追思会、怀念性质的诗歌朗诵会等，依旧在持续展开。

得知先生病逝的消息后，我的心里也很不是滋味，本打算立刻写一些东西以表自己的悲伤之情。但是在那段时间，无论是电话、短信、博客、微博还是微信，几乎所有看到的、听到的、谈论的、书写的全都是此话题。被各种人物的悲伤情绪轮番轰炸后，我虽几次蠢蠢欲动却一直没能酣畅淋漓地直抒胸臆，直到被一件什么事情牵动了神经，突然深受触动，一时心境难平，以至于虽身处会场，却立刻在笔记本上一笔一画地写下这些文字，以表对先生的怀念之情。

我与先生同处一城，又同样都做着跟文字有关的事，自然难免有些交集。在一家书城，我曾参加过先生的读者见面会，聆听过先生关于文学的真知灼见；和朋友一起去过先生的书房，亲见他把与他一样清瘦的毛笔字书写在一张张宣纸上；在一个活动中同桌吃饭，以文学晚辈的身份诚恳地请先生赐教……在此，我并不想絮絮叨叨陈述那些跟许多人类似的对先生的追忆。先生人之已去，每个人都一遍遍地絮叨这些细碎的往事，既有意义，又无多大意义。

那么，我们在怀念先生时，到底该怀念些什么？是怀念先生曾经给我们的那些关心、关怀、关照，还是从一位享誉文坛的著名作家身上发现那些在当今社会难能可贵的优秀品质。

我以为，应该是后者。如此，我们才可以走出单纯意义上的悲情，拭去眼角的泪，各自拿起手中的笔，去书写更多更好的文学作品，来告慰先生的在天之灵。

纵观各种怀念文字，大多是从“我”出发，什么时间什么地点什么场合见到先生，当时还有谁在场，先生说了些什么话，又是怎样的音容笑貌，“我”听了之后，又是怎样地触动灵魂或感激涕零，以及之后交往的种种：先生给“我”的作品写序、题书名、写评论，指导“我”的创作，题赠什么字或送“我”书法作品……“我”和先生是一起成长起来的老伙计、老文友，一起从小树苗长成参天或尚未参天的大树；“我”和先生是因为身份或职务结缘；“我”和先生是忘年交……总之，今闻先生病逝之噩耗，心痛、心恸、伤心欲绝，先生这样好的一个人，怎可就这样离我们而去云云。大多数怀念文字都是真心的、真诚的，但也有一些写怀念文字的作者的心情更为复杂，除了忧伤或许还有别的什么情绪。也有人忙里偷闲对别人的怀念文字进行解剖分析和自认为正确的解读，试图进一步挖掘出那些文字背后的隐情。更有部分看客唯恐天下不乱似地跟着瞎起哄。

不一而足，众声喧哗。

当然，其中亦不乏一些感性打底，又有理性思考的佳作。这样的文字，我往往看过一遍还要再看一遍。那些文字如同一缕宜人的春风，让读者赏心悦目。不过无论何种文体，文字的核大多难逃“我”，总是从“我”出发。

直到有一天，在一个场合，大家又提起先生病逝之恸时，一位长者脱口而出“忠实走了、忠实永在”。那一刻，我才恍然顿悟：是啊，先生虽然已经离我们而去，但他忠实的品德却永远活在人们心中。

还记得先生曾说过：“好饭耐不得三顿吃，好衣架不住半月穿，好书却经得住一辈子读。”又说：“文学是魔鬼，是个美丽神圣的魔鬼；文学只是人群中千奇百怪的个人兴趣中的一种。”

回顾那些铺天盖地的怀念文字，多是书写先生的真实、真诚和真性情，这也是几乎所有与他有过交集的人最为深刻的集体记忆。无论社会风云如何变幻，无论文坛如何浮沉更替，先生一直都是本真的。真实做人，真诚写作，真心对待他周围的人。先生的真，如同他那张沟壑纵横兵马俑一般的脸庞，任由岁月流逝，却并不曾有任何变化，让人过目难忘。

正是先生的真，感动了所有人！

在出书并不是很困难的当下，一个人断断续续地写上几年，积累一些文字，大都会出版一两本作品集，请名家题写书名或作序，也便成为一件常事。作为先生那样早就名盖文坛的著名作家，他其实大可不必对每一位向他请教或有请求的人都真心实意、掏心掏肺地对待。有的人可以掏心窝子对待，有的人应付一下即可。

可是，先生没有！

听说，先生几乎有求必应。至于润笔费啥的，可有，可少，亦可无，多以对后生晚辈的提携为主。这或许会让一些锱铢必较的作家不解或不忿，但他却赢得了公众的好口碑。

《白鹿原》一书的厚重和意义，已有许多这方面的文字可作参考，在此不再赘述。这部作品告诉后人：忠实之人，必定是天地之间铮铮铁骨的汉子。忠实是做人之本、做事之基，忠实是立党、立民、立国之源。一些著名作家和文化名人的怀念文字，不乏对先生秉性的大加赞誉。任何时候，闭目过滤那一大波一大波洒满泪水或长或短的怀念文字，总能在其中发现对先生做人品德的褒奖。

那些天，在陕西作协大门外的街道上，在声声哀乐的低回中，许多作家和文学爱好者，还有一些看上去衣着普通、手提布包的年迈的人们，围在一起谈论先生的生前旧事；三三两两背着书包的学生或结伴或跟随家长、老师，怀着一颗尊崇之心步入作协院落；作协附近那家看到商机的书店门口摆放着的新版《白鹿原》，被一本、两本、三本、五本……买走。这些，都足以说明，先生的病逝不但牵动着文艺界人们的心，同样牵动了无数普通老百姓的心，以至于人们放下手头正在做的各种事情，从四面八方涌到他曾工作过的陕西作协办公所在地，去送先生一程。哀乐阵阵，哀思绵绵，先生若在天有知，也该欣慰了。

《白鹿原》未必是一部无任何瑕疵之作，但它必定会在历经岁月洗涤之后，留存于世，成为经典。先生也不一定就是完人，但他的病逝勾起了许多跟文字有关或跟文字完全无关的人的集体悲恸之情，而且，这种情绪在这个春夏之交的华夏大地上寺续了相当长的一段时间。能在这个缺啥都不缺名人的现实社会里引起群情悲伤已经说明，无论做人还是作文，先生都是忠实的。

今后，无论做人还是作文，你我都应该时时扪心自问：我，忠实了吗？

怀念陈忠实时想起路遥

跟许多从文的朋友一样，当陈忠实先生病逝的消息猝不及防地出现在视线里时，我的第一反应是：这怎么可能？随后，我却又不得不接受这个事实。因为在极短的时间里，微信朋友圈里已经铺天盖地地都是各种文字的哀恸。

我一时怔住了，不能继续手头正在进行的事情，默默地站在阳台上，面朝西。一则因为陕西作协在我家西边，只隔着厚重的城墙，不过几百米远。二则像先生这样一位忠实之人，必定是应该上天堂的。遥望先生离去的方向，是为祈祷，也为祈福。

人终有一死，然而像先生这样能引起公众广泛关注的，在资讯极为发达的今天，不是没有，却不敢说多见。一时间，各种社交媒体上，关于《白鹿原》，关于先生的种种哀思铺天盖地，许多微信公众号也以醒目标题述说着相关的事。不只普通作者，许多文化名流、著名作家和学者都在第一时间发声，表达对先生病逝的哀恸，其文之感人，其情之真切，其意之真诚，莫不令读者动容。

很快，有的报纸副刊开始大篇幅图文并茂地刊登各种怀念文字，有的甚至整版都是；有的文学期刊发出征稿启事，计划出纪念专号；一些掌握文学创作扶持资金的团体纷纷发出征稿启事，计划把怀念先生的文章结集成册；一些漫画家自发组织起来，用给先生画漫像的形式进行缅怀……人们都在以各种形式做着力所能及的事，深情缅怀先生。

我也去了设在陕西作协院内的灵堂，向那幅微笑着的先生遗像深深地三鞠躬。在低沉的哀乐声中，心情委实有些不好受，热泪瞬间夺眶而出。

之后，我跟随老师、文友们去参观了陕西作协的文学展室。那里展示的都是曾享誉文坛的名家大腕，只是有的其文我们尚且知道，有的却已经被岁月的长河湮没，片纸无存，也无从查寻。

就在我暗自惆怅神伤之时，突然发现一个似曾熟悉的身影出现在某个位置，“那不是那谁吗？”我惊诧道。“路遥啊！是他的蜡像。”一位文友轻声说道。“哦！”我快步走到蜡像跟前去仔细端详。

这是一个极其逼真的蜡像，不但造型极其神似，其发质、肤质、衣着都达到了以假乱真的程度。没能忍住，我用自己并不白皙的手怯怯地去触碰路遥——我亲爱的同乡的蜡像手指。指尖抵指尖时，仿佛有一股什么东西传递过来。我一时有些恍惚，竟不知身处何地。

1992 年的寒冬，路遥去世时，我尚且是西安市里一名正在寒窗苦读的普通理科生，还没有表现出任何热爱文学的迹象，对文学圈里的人和事更是知之甚少。在收到了在外地上学的哥哥寄来的信件后，我替他去钟楼书店买了《平凡的世界》一套三本中仅存的两本。学校放寒假时，我第一次把整部作品认真读完，才知道原来路遥就是电影《人生》的原著作者。

时间转瞬即逝，我也因工作的缘由渐渐热爱上了文学，也陆续出版了几本书，获了几个不大的文学奖项。我追随路遥的足迹，从陕北一路来到省城，安营扎寨，经常在一些场合跟一些熟悉或不熟悉的人们热烈地谈论《人生》《平凡的世界》《白鹿原》……谈书中的人们和那个远去的年代，谈那些质朴的、纯粹的、文学的语言文字，谈那一个个可亲可爱的艺术形象。

回首往事，当时的我还不是文学青年，又身处半军事化管理的校园，不能知晓在得知路遥病逝的消息后，那时的人们究竟是怎样怀念的。因为那时，我几乎还没有听说过手机，砖头一样硕大又昂贵的大哥大只有万元户和大老板才可能用得起；电脑更是个稀罕物，网络还远远谈不上普及，什么邮箱、QQ、博客、微博、微信……在那时还只能是天方夜谭。

没有微信朋友圈一波又一波各种声情并茂的图文推送，没有微博和博客里搜索关键词就可以找到的怀念文章和旧照，没有微信公众号里那些标题党的倾情掺和，没有网络大V的转发呼吁，那时的怀念情绪只能体现在眼巴巴地等待散发着油墨清香的报纸副刊和文学期刊。

最主要的是，没有新媒体和自媒体一石激起千层浪般快捷地传递信息，散在祖国各个角落的人们怎么可能在很短的时间内，就知晓一位著名作家病逝的消息？如果连作家病逝的消息都不能及时知道，那么又怎么可能及时宣泄或释放悲恸之情？

如此，路遥——我亲爱的同乡，同样作为鲁迅文学奖获得者，他的病逝是不是远没有陈忠实先生病逝后那样备受关注？当然不是！因为那时的资讯虽然远不及今天发达，但那时的文学却远比今天神圣，那时的文学人更有着今天的文学人难以企及的地位。

那时的文学，还很纯粹。

那时的天空，还很蓝。

张爱玲背后的男人们

国人多喜欢追根溯源，或贫或富的出身是谁都无法绕开的话题。很多人津津乐道于张爱玲的贵族出身，虽然她并未享受过太多荣华富贵的遗泽，相反，她的一生几乎都在困窘中度过。但读者依然在她的小说里按图索骥，不亦乐乎。正是她背后的那些男人，共同铸造了独一无二的张爱玲。

李鸿章，张爱玲的曾外祖父。无论他于国于家做过些什么，他庞大家族中的妻妾子孙和亲戚们之间错综复杂的人事纠葛，以及家族起起落落的变迁，都给张爱玲的写作提供了源源不断的灵感源泉，使她的写作较之别人占有先天丰厚的资源优势。

张佩纶，张爱玲的爷爷，光绪年间官至都察院佐副都御史，曾是“清流党”的要角。光绪一年，中法马江之战战败后，他被朝廷发配至察哈尔，3年后归来。后来，他成为李鸿章的大女婿，有相府的“怪味姑爷”之称。

黄翼升，张爱玲的外祖父，首任长江水师提督，相当于现在的省军区司令员。他给张爱玲培养了一个时尚且西化的母亲黄逸梵。

孙宝琦，张爱玲的另一个外祖父、后母孙用蕃的父亲，曾任北洋政府国务总理。

张廷重，张爱玲的父亲，他残存的慈父的一面令她的童年多少有过一些还算快乐的回忆，他书房里丰富的藏书，以及他闲来无事时对她写诗、作赋方面的教授，引导张爱玲走上了文学之路。但他几近变态魔鬼的一面，却让张爱玲比同龄人更早地心智成熟。都说女儿是父亲前世的情人，不知他们前世的情人关系如何，但他们的父女关系无疑是失败的：他觉得她太过叛逆、不服管教，她觉得他太过颓败、迂腐堕落……在反抗与被反抗中，她愤而离家出走，去实现她的“天才梦”。

张子静，张爱玲的弟弟。她曾妒他生得美，而自己不及他。他，一直若隐若现地生活在她的影子里，成为人们提起她时偶尔的一声叹息。几十年后，他是上海某中学的退休教师，孤寂寥落。

一桩不幸的婚姻会给很多人带来伤害，而最大的受害者往往是孩子。

由于张爱玲有一个亲情缺失、少爱的童年，情场老手胡兰成才有机可乘，略施小计就俘获了她的心。他们认识不到一年就成了婚，最终却草草收场。我以为，首先是张爱玲的才情俘虏了对方的心，之后，她才被俘。无论多么滥情，胡兰成对她的爱都是真实的。也许在他的无数情史中，和她的卿卿我我不过是其中的一小段而已，但这一小段既照亮了她的人生，同样也照亮了他的人生。爱是相互的，要不当时才情俱佳的女作家不止她一个人，缘何他对她那样地情有独钟，或者说，付出更多的情义。

从过去到现在，胡兰成被太多人非议过。而他，也不过是一个想苟活的男人，不是圣人，也非神人，尤其身处乱世，背叛更是迟早的事。他在她严重干旱的情感沙漠里浇上一瓢水，哪怕只是一小瓢，她也会铭心刻骨。我没有其他意思，只是想说，不管那个浇水的人姓胡还是姓什么，他在她心目中的位置始终是至高无上的，一生如是，因为她的初恋也是绝恋。

和张爱玲有过婚姻关系的还有一个异国老男人、作家赖雅。两个从事写作的人凑在一起，在人生不算辉煌也不算落魄的阶段相遇、相守，互相温暖一程，仅此而已。她为他未婚先孕，只是孩子还未成形就被堕胎，胎儿顺着下水道被冲走了。

除了男女关系以外，世界其实还很辽阔。

张爱玲少年时的张狂，老来全部化为沉默。那些从不曾张狂、尚且年轻的人呢？如资深“张迷”——我。

1995 年中秋节前后，她在大洋彼岸辞世。那时的我，还没有开始书写新闻以外的任何文字。

书里书外的她，早慧、敏锐、禀赋异于常人；而我，不过是陕北黄土高原上一棵羸弱的小草，内向、沉默、思维迟钝。作为大槐树移民的后裔，我的背后不曾有过达官显贵，有的只是小富即安的普通宅男。我的生命从未波澜壮阔、轰轰烈烈，一直平淡无奇。

先天不足，注定此生只能庸庸碌碌。那么，就这样吧。

承受是
一种精神，是人生苦涩而美丽的
一番心境。承受是心的宽广度，是
人生历程中——
阔度的海洋。

墙角数枝梅

单单一个梅字，就会勾起人们的许多遐想。梅花、梅子、梅娘……此刻，我脑海中迅疾闪现出这几个词汇，而梅州却是新近才知道的。在知晓的那一刻，心中忍不住一动，有一种难以言说的感觉轻轻蔓延开来。

凌寒独自开——王安石这首吟诵梅花的诗里，我最喜欢这句了。单单一个“独”字，就毫不掩饰地道出了它的桀骜。隆冬，在北方最为明晰。一场皑皑白雪过后，遍野银装素裹，唯有它，暗香浮动，且惊艳诱人。天寒地冻，百花凋敝，仅剩的一些娇嫩又娇艳的花朵择温室而居时，只有它，选择了冰天雪地。

就连《红楼梦》中日日与青灯古佛为伴的出世女子妙玉，都不惜花费许多时间，用纤纤玉指收集梅花上的浮雪，存储后烹茶喝。庙宇、梅花、听雪，清高孤傲的妙玉是大观园里的极品，具有超凡脱俗之貌之才之性情，并不为俗世的烟火气息所动。周遭的聚散离合与明争暗斗，于她，皆为浮云。也只有她，玉碎之后，仍不失其清白。

梅子作为一种水果，不管它属于何种秉性，只要把握好食用的量，于人的身心还是颇为有益的。有一种梅酒深受我的喜爱，每每轻斟浅饮，都顿觉爽心清脑，根本无须担心会酩酊失态，那种不清不醺的感觉妙极了。

绕不开的梅娘。

她在20世纪40年代即与张爱玲共担“南玲北梅”之美誉，堪称文坛奇女子。她和张爱玲同年出生，比张爱玲稍大些。和张爱玲人生初期的一些经历略为相像，她也出生于富裕家庭，年幼时接受过良好的早期教育，加上早慧，十多岁时就已经小有声名。然世事沧桑，新中国后的梅娘，在文坛上沉寂了半个多世纪。2005年8月，85岁高龄的梅娘出版新书《梅娘近作及书简》。让人感叹的是，在电脑上敲这些文字时我才得知，这位久闻大名的作家前辈数日前刚刚离世（编者注：梅娘于2013年5月7日去世），她的传奇人生在92岁高龄时画上了一个圆满的句号。

而梅州，该是怎样的一个人间仙境呢！或许只是一座极普通的城市，与其他南方城市并无过多差别，也并不似向往中的那般美好吧。这又有什么关系呢！境由心生，心中洋溢着美好的人，对于外人看似甚为无趣之事，亦会发现其善与美的一面。

因而，不妨一试。

寒夜里的一枝蔷薇

作家白薇的名字曾多次在一些文字堆里看到过。不同的人对她有不同的评价。有人拿她与张爱玲比较，有人为后人的“不识君”叹息，有人为她的坎坷一生扼腕，有人则为她生发出“写不出来了”之说，因为她曾经有着蓬勃的创作力，到了人生暮年，写作却苦涩、艰难。

无论怎样，她的高贵出身，她的丰富才情，她的充满戏剧色彩的人生路，让她成为那个年代不可多得的优秀作家。她牢牢地把握住自己的人生命脉，短暂的甜蜜和大段的苦涩相叠加，反反复复。她自身，其实就是一部大戏，浓墨重彩，起伏跌宕。而她，始终是自己人生舞台的主角，我行我素，我情我愿，为自己的言行负责，吃苦受累也认了。

她也曾抗争过、奋争过、努力过，终究有了结果。这结果是好是坏，是苦水还是蜜水，只有自个儿咽下。她也咽下了，并不怨什么。生命无常，起起落落是常事。之后坦然接受，甘愿认命，不是谁都可以做到的，这需要坚韧的性格和顽强的意志。总之，我对此类人物一贯钦佩，对白薇尤甚。因为她不但被自己的至亲“推进了火坑”，而且不被丈夫疼爱，更被恶公婆狠心地咬断了脚筋，怎一个“惨”字了得。

她有一张青春年少时风华正茂的照片：短的直发，鼻梁上架着一副那个年代时髦的黑边圆形眼镜，穿着薄质半袖上衣，衣袖在肩部开叉，香肩微露。不要说在几十年前的中国，就是时至今日，也是够新潮的了。如果没有物质丰富的家底，没有接受过新思潮、新思想、新理念，她不会身着如此质佳品优、款式时髦的衣衫。而她那双美眸，平静地注视着镜头，娴静、安然，一眼看去就是颇有教养的大家闺秀。她眼神里透着聪慧与灵性，并没有一般富家小姐惯有的“娇、骄”二气。

郁风给暮年的白薇画过一张侧面速写，寥寥数笔，即可以看出她灰白的短发，下垂的眼袋，臃肿或浮肿的沧桑的脸，身穿一件旧式夹袄，一副饱经沧桑之态。画中的她体型稍胖，这种胖，应该是年龄使然，与营养过剩无关。

当初那个充满书香气的富家女形象早已荡然无存。当她步履蹒跚地行走在京城的街巷里，绝不会有人认出她就是当年在中国文坛名噪一时的美女作家白薇。

对于一个性格坚强、有着崇高信仰的人来说，苦和累并不可怕，身体之苦之累并不能摧毁或伤及她的意志，而心灵的伤害才是最让其痛不欲生的。她是一个情商很高的人，因为情商高，所以她比常人更看重精神层面上的东西。精神支柱，或曰信仰，成了其唯一的支撑。

白薇与家人不和，更让人痛惜的是，她竟还遇到爱人的背叛。她倾注弱女子的一腔柔情，全心全意地去爱一个人，谁承想，他却负了她。她原谅他，体谅他，一而再地；然而，他对她的负也是一而再地。反复，反复，反反复复。她的伤口一次次结痂，又被一次次地被撕裂开；又结痂，又被撕裂。薄情郎的不负责任和一再伤害，让她的创作和人生一次次跌入谷底，直到肝肠寸断，热情耗尽。

让我心生佩服的还有她的刚强。虽然我对一位弱女子在生活窘迫、困难重重的情况下仍旧不食嗟来之食之举十分钦佩，但却不敢苟同。作为人世间一个普通的个体，我们应该先让自己活着，然后才去考虑如何活着。当健康和生命都受到威胁时，她依然拒绝各个方面伸来的援手。她不需要同情，不需要怜悯，拒收嗟来之食，宁可自己忍饥挨饿、吃苦受累也绝不接受。众好心人士唯有扼腕叹息。

对于媒体的采访，她告知，昔日之白薇已死，今日之白薇已非昨日之白薇，虽然活着，已经死了。

白薇没有死，只是白薇的心死了！

哀莫大于心死。心死了，独留躯体一息尚存，是尴尬，更是悲哀。

国人常讲“好死不如赖活着”，生命最可贵。人生初期，无论贫贱还是富贵，经过青年时的努力，中年时的打拼，人生的暮年幸福与否仿佛是更重要的。是苦尽甘来、儿孙满堂、和和睦睦，还是风雨飘零、妻离子散，境地大不相同！

曾经的富家女、才貌俱佳的白薇小姐，笔锋甚健、名贯南北。在岁月无情的流逝中，在失去爱情的滋养后，在满目疮痍的现实里，她意兴阑珊，封笔退隐，活生生将自己活成京城大街小巷里貌不惊人、形单影只的大妈甲。

我，不忍卒读。

和路遥成为乡党是一件幸事

中国从来都不缺乏作家，而我唯独每次听到路遥的名字，或是他的《人生》《平凡的世界》，甚至书中某一个人物的名字时，都会忍不住心里一动，随之涌起一股暖流，顿时有热血沸腾的冲动。虽然，我和路遥从未谋面。

路遥是我亲爱的同乡。

他在构思创作《平凡的世界》时，我尚且是个不谙世事的孩童，正在陕北黄土高原上父母的护翼下无忧无虑地生活着，还不知道未来是苦是甜。我在省城西安一所中专求学临毕业那年，路遥因病辞世。偏理科的我虽然课余时间也常常泡图书馆，但那时对他和他的作品还知之甚少。电影《人生》我倒是看过，不过更多记住的是男女主人公让人心酸又心碎的悲戚命运。路遥病逝后，我因为给外地的哥哥买《平凡的世界》，才第一次知道孙少平、孙少安、田晓霞和润生、润叶这些可亲可爱的人物。

毕业后，我被分配到陕北一家小镇电厂工作，一晃就是7年。期间，我结婚生子，完成了世俗人眼中一个平凡普通的女子应该完成的人生程序。夫家是延川人，这让我从某种程度上又和路遥的距离拉近了一些。每年不多的几次回乡探亲和走亲访友都会让路遥和他书中的人物在我的心中一次次翻腾、翻腾、翻腾。

7年后，由于工作的原因，我继续北上，又在更北的陕北工作了7年。

外人大都知道，路遥是陕北人，但陕北当地人还要往细里分。榆林人认为路遥出生于榆林市清涧县，他就应该是榆林人；延安人则认为他虽然出生于榆林清涧，但早早地就过继给了延安市延川县的叔父家，而且他上学、工作和成家等一直都在延川，正是延川培养和养育了他，他才会有后来的成绩和成就，那么他理所应当就是延川人。

孰是孰非其实并不重要。我要说的是，每一位榆林文化人提起路遥时，都有一份沉甸甸的情感，这是其他任何作家都无法得到的真挚和炽烈情感。以至于，人到中年的路遥的弟弟同样因肝病入院治疗费用紧张时，大家虽然也不富裕，但却竭尽全力倾囊相助，并四处呼吁筹款，最终帮其渡过难关。

陕北的土地是贫瘠的。在完全靠天吃饭的情况下，这样的土地上打下的粮食只能勉强解决温饱。即便时至今日，也有许许多多的陕北人在温饱线上努力挣扎。那么，对于这块土地的儿女们来说，如果不愿像祖辈父辈那样继续面朝黄土背朝天地熬日月，就只能拼命努力学习，通过读书来改变自己的命运，别无他法。

虽然不读书是万万不行的，但读书也不是万能的。知识可以改变命运，但怎么个改变法却因人而异、因时而异。孙少平和孙少安都读过书，最终还不是都回到土地上折腾，或是外出打工凭苦力吃饭。

又一个7年后，还是因为工作的需要，我转身南下，抵达省城工作，及至安家落户，后来又有了其他人生经历。

作为一篇普通意义上的读后感，我其实根本无须浪费任何笔墨在自己的经历上叙述，因为我真正要评说的是路遥和他的《平凡的世界》，而非自己。但我要在这里满腔热忱地说一句：孙少平和孙少安既是路遥虚构的艺术形象，但同时也是真实存在的、鲜活生动的。因为千千万万个生于陕北、长于陕北，却又不甘心一辈子都在陕北打转转的“孙少平”和“孙少安”们，会努力与命运抗争，直至人生一点点、一点点地发生变化，及至最终挣脱陕北土地的羁绊，挣脱山山峁峁的阻挡，挣脱“三十亩地一头牛、老婆娃娃热炕头”传统思想观念的束缚，走出农村，走向城市，走出陕北，走向更加广阔的天地，在某个领域站住脚、站稳脚，更有甚者成为某个领域的佼佼者或是出类拔萃的公众人物，成为父母家人的骄傲，成为陕北的骄傲！

我并不赞成“学而优则仕”这个观点，不同意“人一定要功成名就才不枉在这世上走一遭”的说法，只是认为人既然生而为人，就要有目标、有追求、有志向，这个志向可大可小，但一定要有！而路遥的《平凡的世界》，既是一本书，白纸黑字地印刷在纸上，又不仅仅只是一本书。它是路遥用自己几十年的心血和汗水倾心浇灌的一株山丹丹花，是路遥站在黄土高坡空阔之地用拦羊嗓子嘶吼出来的信天游，是路遥站在或土或石或砖建造的陕北窑洞上向他亲爱的老乡们发出最后的呐喊，是路遥在陕北大地上叮叮当当了一生拿命镌刻的永垂不朽的丰碑！

陕北大地是古朴沧桑的，同时也是平凡普通的。正是这种平凡，才孕育了不平凡。

我曾不止一次地为书中人物的命运揪心扯肺地偷偷饮泣甚至失声痛哭，并没来由地把自己的现实人生使劲地和书中的人物拉扯上一些关系。比如，我也曾因学校离家较远，住校时吃过咸菜就馍；比如，孙少平心爱的女孩田晓霞和我一样都是记者，她在生命如花的年龄就不幸凋零而我至今仍健康地活着；比如，倔强的我也曾像孙少平一样拒绝过一些人善意的帮助……

虽然那些苦不堪言的日子并不算长，虽然它们早已离我远去，但我每次回想起来，都会觉得它们似乎从未走远，因而，才会倍加珍惜现实中得到的一切，并努力前行，一步步地去完成自己梦寐以求的人生路，以期慰籍我亲爱的同乡路遥的短暂人生。

当艺术遇到哲学

这个题目看上去有些大，艺术和哲学，是两个重大的话题。艺术，以我目前的学识和修养，是没有资格随便谈论的，而哲学，并不能算是我喜欢的一门学科。但是，如此使用，只因要谈论的是王小慧和周国平两位艺术家和哲学家之间的对话。

智者之间的谈话，有的成为谈话录，有的成书，王小慧和周国平的谈话，就属于后者。这两位都是我喜欢的人，他们都是勤奋敬业之人，早已著作等身。之前，我不曾读过王小慧的传记，只是读过她的许多艺术作品。经历是一笔财富，于她，我觉得十分贴切。从事艺术工作的父母对她早期的耳濡目染、言传身教，海外留学的耳闻目睹，使她在艺术方面优于同龄人。这样优秀的父母，不是我等谁想遇就可以遇上的。也许是她先天聪慧，自觉主动，在学习方面不需要父母多操心，父母很少对她提过多的要求。在宽松的学习氛围中，没有压力的学习是让人愉悦的。心情舒畅，自然要轻松得多。任何时候，主观能动性永远是第一位的，要我学习，远不及我要学习为好。这样，王小慧的童年是开心的、幸福的，衣食无忧、学业不愁。很顺利地，她就到了人生的某一个阶段，出国，留学，很自然地和自己相爱的人走到了一起。本来，这样的人生是让众人艳羡的：平顺、无坎坷，按照既定的轨道前行。然而，出岔子了。在那个众人皆知的浩劫中，她的父母未能幸免，饱受摧残和蹂躏，痛苦不堪。而王小慧也遭遇波折，她与爱人同遭车祸，爱人遇难，自己身心受创。这些人生的起起伏伏，于外人，在唏嘘过后，会渐渐淡忘；于当事人，则是甘苦自知；于王小慧和她的艺术，我以为却还是大有裨益。

一个优秀的人，绝对有十分丰富又异常强大的内心。当然，这种丰富和强大，不全是天性使然，有相当一些成分来自于后天的人生历练和种种磨难。在磨难面前，一些人被磨损了身心，变得脆弱，不堪重负。有的人，却愈挫弥坚，让人生变得更加华彩丰润。无论哪种，其实都无可厚非，我们不是其中人，怎可知其中人之甘苦或酸涩。王小慧的艺术创作领域宽泛，我对她的摄影作品颇为欣赏。我也勉强可以算作是个摄影爱好者，虽无多大成绩，但也旁观过许多朋友的摄影之路，各有千秋，不再一一列举。

能多少做出点成绩的，都是不容易的，每个人的结局也各有不同。人能把一项爱好坚持一段时间，就不容易了。而王小慧，把摄影那样地精雕细琢，从布光到后期冲洗，都是十分认真却又不断创新，不停地探索实践，再探索，再实践。王小慧的这些尝试都是众人应当认真学习的地方，对我来说更是如此。

艺术是一个很大的范畴。打着艺术的招牌，不同人有着不同目的，做着和艺术或远或近的事情，这些都是好事。

对于这本书的阅读，我是认真的、虔诚的，因为喜欢、因为敬仰、因为尊重。他们之间的交谈轻松自在，看似闲聊，实际上却包含着两个人的许多人生智慧。言为心声，人生观、价值观、艺术观全都展露无遗。在阅读的过程中，我手持铅笔，不时对一些精彩片段勾勾画画，没有舍得用签字笔或者圆珠笔。书中的配图亦都十分精致，设计自不必说，不似有些字号硕大的书籍，行间距足够宽，读着是舒服，但是翻书太累，因为没看几行就要翻过去。

书中还是有许多让人感动的地方。一个又一个感动串在一起，像是一条美丽的项链，无形地搁在这部书籍上，璀璨发光。王小慧的人生经历以及她父母亲的坎坷人生路，都十分传奇，还有曾经经过她生命的那些青年才俊，或者事业有成的成功人士，个个都是一部鸿篇巨制。她有过衣食无忧的幸福日子，也有过捉襟见肘的苦难岁月，但谁的一生又能是一帆风顺的呢？面对人生的起，常人多会春风得意；面对人生的落，许多人就不能轻松应对了。当车祸让王小慧健康受损、痛失挚爱时，她有过悲痛，但没有倒下。更让我意外也让常人意外的是，遭遇车祸身心俱伤的她，并没有按常理出牌去找保险公司理赔，也没有去争取投保人应该拥有的那一份，这有些遗憾，却也让人佩服。

男艺术家多是长发或长髯，穿着破洞牛仔裤、大头鞋……女艺术家则可能秀发各异，无论淡抹还是浓妆，多在指间夹一支香烟，轻烟袅袅，看上去很炫很超然，包括肩头的背包，都一定另类得很，其形、其款、其饰，不求品牌与价位，只求标新立异。当然，客观地说，这些也是艺术家个性的展露。没有个性，一味地从众，难以成为优秀的艺术家。但是，在任何时候、任何媒体上看到王小慧，她都留着很“中国”的标志发型，戴着极简约的饰物，穿着款式简洁大方的裙装，温婉可人，且总是一副笑盈盈的样子，淡定、安然、气定神闲。心静，自然创作的作品要沉一些。艺术无国界，王小慧的艺术也是跨界的，她本人给人的感觉也是既中式，又西式。一个知性优雅、经历丰富且内心更加丰富的艺术家，是有足够的艺术生命力的，因而，怎能不让人喜欢呢？

而周国平的人和周国平的文，在此我不再做过多评论。我对他的喜欢自是一定的，而此文中对他的笔墨并不多，相信他是可以理解的。有些喜欢说出来，与众人分享，也是乐事；有些喜欢，还是埋藏心底吧！

中篇—如此相逢

走到生命的哪一个阶段，都该喜欢那一段时光。

《父与子》的前世今生

古人常讲：君为臣纲，父为子纲，夫为妻纲。国人也常说：老子英雄儿好汉。父亲，总会对儿子有所期冀；儿子，总不可避免地心生叛逆。父与子，通常是一对欢喜冤家。而《父与子》，则是从问世至今已经几十年长盛不衰的系列经典漫画作品。

《父与子》之所以能够被众多的人深深喜爱，我以为，与作者扎实的艺术功底有关，与作者温馨的家庭生活有关，更与作者当时所处的社会现实有极大的关系。如果不是因为政治，他或许不会停止硬朗的讽刺类新闻漫画创作，改画小清新的生活题材漫画；如果当时的艺术创作氛围更加宽松，那么他必定继续沿着之前熟悉的路线进行创作，不会无端地另辟蹊径。

讽刺类新闻漫画因为带刺，难免招致政治人物的厌弃。既然包涵“新闻”二字，又和新闻一样具有时效性，易碎，便成了它的特点。时过境迁之后，还有几个人会记得他构思精巧的创意和绘制精心的佳作？而幽默漫画和父子真情却是极有生命力的，也是无国界的。无论岁月的河流如何涤荡、怎样冲刷，它们都会温情脉脉地散发出隽永的艺术光华。任何时候欣赏阅读，都会让人们禁不住心中暖流涌动。哪怕传统媒体在数字媒体的冲击下处境稍显尴尬，哪怕又一个世纪不期而至后人们的人生观、价值观悄然发生变化，哪怕政治领袖人物换了一拨又一拨，又怎样呢？《父与子》，依然让任何肤色的人们爱不释手。

一个人的创作，既可为了艺术，也可为了生存。

1934 年，当德国漫画家埃·奥·卜劳恩提笔创作这个漫画系列时，他或许不曾想到，这些看上去似乎是无奈之举的作品，不但让他在艰难时期仍然可以继续创作、维持生计，而且使他在遭受迫害而亡的几十年后，依旧备受世界各国人们的喜爱和追捧。他出生于一个普通家庭，但现实生活的困境丝毫不影响一颗艺术的种子在他心中生根、萌芽，并在合适的土壤和雨露滋养下，渐渐成长起来，及至长成一株茁壮的大树。在短短 41 年的人生里，他创作了大量优秀的漫画作品，而时至今日能被人们记住的，或者说让他被更多人知晓的，竟是他从生活中信手拈取灵感创作的《父与子》。

试想一下，如果当局那时没有限制他作品中的政治观点，如果《父与子》面世时他所在的国家不是阴云密布，人们无须借《父与子》传递的人间真情来抚慰飘忽不安的心灵，它，还会是今天的它吗？我不知道。但有一点却是肯定的，即经典必定有其成为经典的硬道理。

我不是一个早慧的人，但童年时一遍遍翻看过的诸多书籍多少对自己还是有一些影响的。《父与子》和《三毛流浪记》这种以图为主、文为辅的书籍，在父母都忙于养家而无暇陪伴我的童年里，是我最好的伙伴。流年似水，当我有一天也成为孩子的家长，并且也因为忙碌而常常给孩子手里塞几本漫画书时，当我们一起经历所有父母和子女都必须亲历、已经亲历、正在亲历的细细碎碎和点点滴滴时，我才幡然顿悟：生命，就是这样的一个个轮回。

卜劳恩的《父与子》是典型的德式幽默，但却被世界各地、各种文化熏陶的人们所喜爱。他原名为埃里西·奥塞尔，但这个名字却远不及搭着《父与子》这趟车而声名远扬的“埃·奥·卜劳恩”更为人们所熟知。

有资料显示，我国多位漫画家曾和《父与子》有过一些渊源。丰子恺曾为国内最早出版的《父与子》画册写序；华君武曾极力推荐《父与子》；方成曾在自己论述连环漫画的著作中多次提及《父与子》……我则受童年时期阅读《父与子》等的影响，渐渐成长为一名业余漫画作者。

那年，国内一档被各路人马精心打造的娱乐节目《爸爸去哪儿》引来无数关注的目光，几对明星父子（女）在看客们的围观下搞怪、卖萌、耍酷……不一而足。娱乐嘛，不这样怎能吸引人眼球！只是娱乐终究抵不过经典，任何时候我只要一想起《父与子》，胖胖的光头父亲和瘦小的鸡窝头儿子立时就浮现眼前，久久不能忘记。

北田之春

我很早以前就看过由川端康成先生原著改编的日本电影《伊豆的舞女》，尤其喜爱山口百惠和三浦友和担任主角的那个版本。当一个意外的机缘得到一本川端康成的《古都》时，我爱不释手，简直就是一见倾心，紧紧握在手中生怕被别人抢去。

我读这本书时，列车已经徐徐启动，将要离开晋中前往下一个目的地。无暇顾及窗外的风景，我沉迷在书中文字的意境中。也不知读到哪一页时，我突然心中一动，随手在书籍扉页上写下一些不曾被粉饰和雕琢的文字，表达人在旅途那一刻的离愁别绪——

北田之春

绿绿垂柳　蓝蓝天空

微微吹暖风

桃李花开平原上
北田的春天
啊 北田的春天已来临
亲亲不知你要来北田
不知你要来北田
春风又给咱带来春讯
送来美好和温情
北田啊北田
难忘的北田
何时能回你怀中
严冬已终 春到晋中
万物正苏醒
嫩芽布满落叶松
北田的春天
啊 北田的春天已来临
虽然我们已情愫暗生
但却尚未吐真情
离别一日如隔三秋
我与卿卿可心通
北田啊北田

难舍的北田

何时再回你怀中

丁香幽幽　月儿明明

花园屋里静

楼道没有了人影

北田的春天

啊　北田的春天已来临

谁的梦话惊醒我梦

谁的呼噜将我吵醒

可曾迷糊中去敲门

站在门外心里尿

北田啊　北田

难离的北田

何时又回你怀中

这本书由两部中篇小说《古都》和《名人》组成，内容都略带一丝淡淡的忧郁气质，有一些小悲伤、小离愁、小哀怨，却也有一丝小确幸。

千重子知道自己是个弃婴，但因为养父母没有亲生儿女，一直把她视若掌上明珠，精心呵护、悉心培养，所以她明事理、懂世事、有教养，对养父母尽心、尽力、尽孝，虽然对自家店铺日渐惨淡的营生略略有些担忧，却又倍感无奈。养女的懂事和善解人意令京都绸缎店店主佐田君和妻子甚为欣慰，一家人的小中产生活倒也安稳静好。

作家从一个很小的视角切入，用许多温暖而又细腻的文字描述青春期少女的小情绪、小冲动、小思考、小感动、小忧伤和小喜悦。娓娓道来的种种琐碎，如同穿在少女脚上的木屐轻轻踩在石板路上，发出连续的敲击声，一声又一声。

千重子有个青梅竹马的小伙伴，彼此之间有情有义。小男孩的性格过于优柔、温婉、怯懦，从不敢过多表白什么。而身为女孩的千重子，即便春心萌动，也只能默默隐忍，生生把向往美好的情绪扼杀在萌芽状态。每次见到他时，她都是开心的、愉悦的、满心欢喜的，但又能怎样呢？两人之间的感情更多的只是稚童时友情的延续，并不曾向前发展一丝一毫，也看不出可能发展的任何迹象。

眼看着宝贝女儿渐渐长大成人，养父母也开始考虑她的婚事了。他们眼中的乘龙快婿或者说想要招赘的上门女婿，并不是多么令千重子喜欢，当然也没有什么不喜欢。许多时候，千重子更在意的是养父母的感受和自家店铺的未来，而不是自己，她往往把个人的感受放在并不怎么重要的位置上。对于青梅竹马的小伙伴的哥哥的一次次主动示好，她既不能明确拒绝，也不好明显地表示接纳。作为一个被人家好心收养的弃婴，千重子能怎样呢，什么都不能说，也不能太多地表示什么。

我想，所谓的“知书达理、深明大义、善解人意”也不过如此吧！

而让人潸然泪下的，是千重子偶遇同胞姐妹苗子时的惊诧和表面上的风平浪静。得知亲生父母均已离世，她终于释然，也对苗子表现出更加强烈的依恋之情。两人见面的次数并不多，但千重子却从苗子那里得到了浓烈的骨肉亲情，这对于除体会到养父母抚养的恩情之外未曾享受过姊妹之情的她来说，十分珍贵。千重子想尽全力去帮助苗子。一母所生的她们性格略有差异，但秉性却十分相似。苗子比千重子更要强，也更自尊、自信、自立，两人都十分珍惜并珍爱那份难得的亲情。

关于小说的叙述方式和对当地自然环境、风土人情、文化民俗等的种种描述在此不作赘述，单单作家笔下淡淡流淌出的对家园、对劳动人民和民风民俗的深深热爱就令人十分感动。一个人如果不爱自己的民族，不爱自己的国家，不爱自己的同胞，不爱自己所处的环境，文笔再优美、故事再深刻、笔墨再清新又有什么用？当然，那种爱，也不是要一味地褒扬或痕迹过于明显地进行某种程度地拔高，因为世间许多事，过尤则不及。

《名人》一文带给我的，更多的是一种内心的震撼。身患重疾的名人仍旧坚持下完了那盘长达数月的围棋，而比赛对手不愿轻易服输的精神同样让人钦佩。

或许岛国本就多雨，或是作家笔下描摹的那个地方有山有水难免多雨潮湿，抑或作家本来就是想用大段关于各种下雨天的描述来营造一种淡淡的忧虑、隐隐的伤感、浅浅的乡愁的气氛，但一股浓浓的正能量的气息却分明地透过纸墨散发出来。晴空万里或蓝天白云的描绘在这部小说中比较少见，以至于掩卷之时我的心都有些潮湿。

当山城重庆的绿树青山在前方若隐若现时,有那么一瞬间，我恍然以为北山杉村到了,只是不知道能遇见千重子或者苗子吗?

在忙碌的生活中，你我每天都会遇见许多人，但不得不承认，要和一个人相处达到双方都惬意的地步并不容易。

美好的《狼图腾》

大年初三一早，我可以说是第一个到达影城的观众。急急地扑向前台准备兑换网购的影券时，工作人员笑称：“我们还没上班呢！不着急，这场最好的位置任你选。”等待的过程是煎熬的，观影的过程则是愉悦的。为了听完整汪峰唱的片尾由，我最后一个走出影厅，甚至迟迟不愿离开，以至于为了不影响影厅清洁人员的工作，我不得不一再避让，眼睛也早已哭得红肿。

影片对知青下乡的缘由一点儿都不拖泥带水，既不褒也不贬，只用几个貌似熟悉的镜头三下两下一晃，就很快地把观众的视线引入到美丽而又辽阔的内蒙古大草原上。“真美啊！”我脱口而出，估计每一位观影人的内心都会发出由衷的赞叹。备受雾霾和沙尘暴折磨的我们，是多么渴望能有这样一片水草丰美、天蓝云白的好去处。

蒙古人是骁勇善战的，也是热情好客的，他们很快就接纳了来插队的两位北京知青，并告诉他们在草原上生存的一些基本技能和常识等，故事就这样开始了。知青陈阵单独外出时偶遇群狼，他自己吓个半死，我的心也跟着一紧一紧的，替他的安危担忧。但根据主角不死定律推测，他不会这么早就有性命之忧的，更何况原著也不是这样写的。当情急之下用阿爸说过的“敲击铁器驱狼法”成功化险为夷后，他立时对草原狼这个群体产生了浓厚的兴趣，并一发而不可收，甚至产生了养狼的强烈念头。人的爱恨有时候就是这样奇怪地相生相伴，敬畏它、惧怕它，却又特别渴望了解它、靠近它。

影片中夹杂着一些人性的贪婪和狭隘，有些人为了一己私利，宁愿出卖更大群体的利益，以至于酿成惨祸，最终发生人狼大战、狼马大战的血腥事件。

游牧的蒙古人祖祖辈辈在草原上生活，需要足够的水资源和牛羊肉等食物来维持生命。而草原给人和牛羊提供食物的同时，也给兔、獭、鹿和黄羊等野生动物提供食物。水草丰茂自然就牛羊成群，各种动物也可以吃得肚儿滚圆，但野生动物们繁殖多了又会贻害草原，于是，草原狼——这个食草动物的天敌就从某种程度上成了这个生物链条上不可或缺的一环。如果这个生物链条维持平衡，那么各方相安无事。一旦某个环节出问题了，则可能发生连锁反应，像多米诺骨牌一样。其实世间许多事都是如此。

我之所以不敢在影片首映当天就走进影院，实在是因为原著中描写的种种让人心悸的场面已经无数次让自己伤心落泪，担心那样惨烈的画面出现在屏幕上时不敢面对，后来经多方打听才斗胆走进影院。其中的几个大场面“战争”虽然悲壮、惨烈，但又不过于直白、血腥，我深深感谢导演的爱心。

大爱和小爱总难免会交织在一起。影片中也顺带穿插了一些爱情线，却又让其只是处于萌芽状态，并没有给这种爱继续发展下去的机会和可能。这或许会让那些误以为情人节上映就必定是爱情片的人们有些许遗憾，但于整部影片来说，却无甚大碍。

编剧芦苇和导演让·雅克·阿诺都是很有爱的人，也是心存善念、心怀感恩的好人，他们让坏人坏得不是那么彻底。片中的坏人虽让人恨，但尚且可以原谅，更何况，坏人的存在本身就是为了衬托好人。整部影片的核心自始至终都不曾偏离草原狼，所有的矛盾冲突、所有的人事纠葛、所有的喜怒悲欢全都围绕草原狼而铺展、陈述，两个小时的时间一点儿也不拖泥带水，而是收放自如、张弛有度，任何镜头画面都不浪费。

说到这里，还应该感激一下剪辑团队，正是他们的果断“下刀”，且刀刀精准，才使得人们观影时不至于太多沉溺于某一种情绪。比如，对“文革”的沉痛记忆以及那个年代许多上级指示的无奈，对泄密者的恨之入骨，对彼此相爱却又不能走近的男女主角的惋惜……情绪刚被感染，紧跟其后的画面就过渡到了人、狼、羊的现世今生。

世间美好的东西众多，草原只是其中之一。世间许多美好的东西都正在或已经失去，有的伤痛深，有的伤痛浅，我以为这与我们和他（她、它）的关系有关，而且是息息相关。

我曾在陕北工作数年，无数次到过毛乌素沙漠南缘和内蒙古大草原，每一次都激动兴奋不已、流连忘返，并没有因去的次数多了而熟视无睹过。在大开发的号召指引下，人们迫不及待又毫无节制地开采本来就很有限的煤炭等资源，辛辛苦苦换来的，除了钱，还有愈加肆虐的沙尘暴、道路塌陷和电力铁塔悬空，地下水位一降再降。当地许多人相继染上了各种奇奇怪怪的病。备受疾病困扰的人们季节性地组团赴外地求医问药，和房市火爆时组团买房一样令人瞠目结舌，却又无可奈何。离开那里后，我极少回去，也不愿意回忆。没有能力改变现状，但我可以不让自己近距离去围观它的疼痛。

好影片就是这样，它的好是默默彰显出来的，你甚至可能因为它的好而忽略一些瑕疵。整部影片不说教、不指责、不偏颇，让你潜移默化地慢慢感受，感受那些逐渐失去的美好，感受那些正在逐渐远去的人与自然和谐相处的美好日子。它提醒人们，在追求物质享受的同时，更应该关注生存的环境，保护环境、保护大自然已经成为一件迫在眉睫的事情。

观影期间，耳畔是母亲的絮絮叨叨以及逝水流年里听说过的一些关于狼的传闻。母亲说，狼若不是饿极了绝不伤及人畜。曾有一头母狼在失去幼崽后，趁人不注意叼走了邻家的一个婴儿，用狼乳喂养。后来，孩子的哭声引来了村人，人们又趁母狼外出觅食时抱回了孩子。那孩子现在还活着，如今都当爷爷了。

忍了忍，还是觉得应该再说几句中国电影。作为一个拥有深厚底蕴而又源远流长的古老文明和传统文化的泱泱大国，如今充斥荧屏的却只有娱乐！娱乐！！娱乐！！！无怪乎编剧芦苇愤愤然道："我们进入了一个娱乐至死的时代！"好在，2015年的年初，我们欣慰地看到了《狼图腾》，它的真诚和忧虑，它的坦率和无奈，我们全部照单收下。

我愿意相信，将来还会有更多、更好的"狼图腾"问世。毕竟，人类生存空间的扩张终会有度。毕竟，影片的结尾处，我们还是看到了陈阵悉心喂养的小狼已经长大的身影。

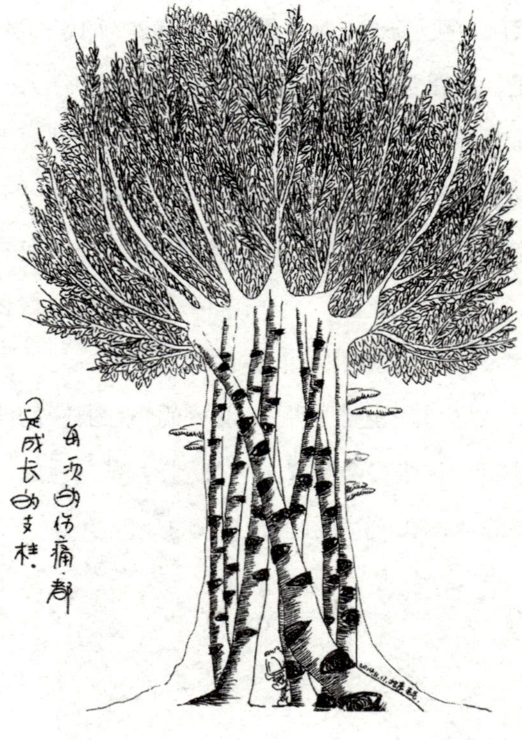
每次的伤痛，都
是成长的支柱。

他是谁的虞姬

细细观赏张国荣出演的影片，发现他大多入戏较深，尤其是在他和张丰毅主演的影片《霸王别姬》中。观看的过程中，我总是忍不住一阵一阵地心悸。整个心绪随着剧情，随着两位主演的精彩演绎而起伏波动。影片结束后，我久久不能从那种悲伤的情绪中走出来。

张国荣饰演的角色程蝶衣入戏很深，戏里戏外都以为自己是虞姬，是西楚霸王的虞姬。而张国荣的入戏，加上程蝶衣这个角色本身的入戏，让观众误以为不是坐在影院，而是身临其境地坐在了“霸王”和“虞姬”的生活场景中，甚至都要控制自己的呼吸，以免影响到观影效果。

两个演对手戏的搭档，如果进入角色不够，容易形成两个人两张皮的感觉；但入戏过深，又容易深陷其中，无法面对眼前活生生的现实。在影片中，张国荣和张丰毅的身份是戏子，两人在平时的演出中搭档，分别扮演虞姬和西楚霸王项羽。他们在戏里的恩怨情仇，其实在现实生活中是不存在的。但无奈张国荣扮演的程蝶衣无法从虞姬的身份中脱离出来，他还是像戏中一样，从情感上十分依恋并依赖张丰毅扮演的段小楼，希望师兄段小楼也能像自己一样入戏，入木三分、五分地对待彼此。而天下的事往往多难遂人愿，有时候你这样想，事实则往往不朝着你想象的方向发展。戏里，段小楼或许仍会全心全意地去表演，但戏外就还原为自己，界限清晰明了、毫不含糊。

当然，没误解不成戏，没纠结和情绪反复也不成戏，因为那样就太过于平铺直叙。因为两人在戏外的入戏程度有差异，程蝶衣会觉得哀怨，心生隐隐的埋怨，并极有可能因怨生恨；而段小楼则会因程蝶衣的纠缠而怨愤，心生浅浅的不满。他有自己的职业、事业，也想过自己想要的生活，虽然在戏里他仍旧是虞姬的霸王，但戏外的他却有自己心爱的女人，他是一个正常的男人，而程蝶衣却不是。

每场戏结束后，段小楼脱去戏服，卸去浓妆，回到自己真实的状态，做一个正常男子该做的事。而程蝶衣却迟迟不愿更换衣服，不去卸装，只是在一旁默默地拿眼看着他的一举一动。

浓艳的妆容和华丽的服饰下面，是一颗在悄悄滴血的心和一双柔情似水、满眼含情的眸子。他就那样幽怨地望着段小楼，望着他的侧影，望着他的背影，望着他在他女人的陪伴下，渐行渐远，唯留自己孤独的身影在原地。他一动不动，也不想动。有些东西注定要离去，留是留不住的，怎样挽留都没有用。他本应尽快从负面情绪中走出来，然而感情这种东西是最难说清楚的，一旦深陷其中，很难轻易走出来，而外人能帮上忙的可能性也不大。

他，一直以为自己是虞姬。

而他，究竟是谁的虞姬呢？我不知道。谁知道呢？也许只有他自己知道吧！

为什么是西雅图

从年龄上看，33 岁的汤唯其实已经不能算年轻了。虽然保养有加，依旧青春靓丽，但作为一名科班出身的女演员，她到这个年龄段演过的影片并不算多。而且，人们提及她，总也绕不过《色·戒》。

几年前这部影片上映时，我被朋友一番激情煽惑，在下班后兴致勃勃地和她一起冲到电影院去排队买票观看。我们一起沉浸在影片中的一些情节，激奋了许久。为了让自己的这种情绪得到延续，我们还相约从城市的东北方向赶到城市的西南方向的一家日本料理店——花厅居酒屋。朋友坚持称，梁朝伟和汤唯在片中约会的那家日本料理店就叫此名。就餐期间，她轻轻倚在料理店二楼雅间的推拉门上，努力模仿着汤唯在影片中的神情和姿态，悠悠地、轻柔地唱着那首汤唯唱给梁朝伟的歌。那段时间，每每 K 歌时，那首被我忘了名字的歌却总是“麦霸”

朋友的必唱曲目之一。她每次唱毕，我必定要扮演最热情听众的角色，报以最热烈的掌声。朋友那时虽已为人妻，但还不曾为人母，和夫君距离不太远的两地生活，让她既有足够的私人空间，也不至于被长久不能相见的思念所折磨。她坚持保持未婚时的精神独立，包括对一切美好的憧憬。

观影后的我，乘着那股子热乎劲儿，还疾书一篇观后感，题曰《从张爱玲到王佳芝》。

之后，汤唯被宣布禁演。

再后来，听说她去了英国，度过了一段甘苦自知的岁月。当她又出现在公众视线里时，网上有一些关于她在异国他乡苦苦打拼的文字。这些都是另外一个朋友讲给我听的，真假也无从考证，但唯有一些情节却让我记住了。其中说到，汤唯有一段时期经济有些困难，而她原来在国内取得了一个羽毛球方面的资格证书，遂依靠当羽毛球陪练这样的角色来维持生计，渡过一时的难关。而这些，也一度成为青年人的励志佳话。

清明节放假，我原本是有一些写作计划的，可是突然就什么也不想写了。最近实在太累，我想给这个假期一个轻松的开始。既然不去和各路人马享受免费高速之快，也不想去一些景点感受和众人不约而同之乐，那么看一场电影是不是也是一种很好的放松呢！汤唯的名字让我毫不犹豫地做了这个并不难的选择题，我选择观看《北京遇上西雅图》。等待开映的过程中，多少还是有些期待的。直到汤唯顺利拿到签证，以及对着并不算有多老却蓄着胡子的司机吴秀波大喊大叫，抖出有钱人的派头肆意发泄时，我以为那不是在演电影，仿佛是在话剧舞台上。

台上是她，台下是我。不得不承认，我是一个慢热型的人。

爱情不分年龄、时间和地点，自然也不会分身份，孕妇又怎样？人是一种高级动物，更是感情动物。在一个怀孕的女人最想念爱人的时候，他不能作陪；在最需要爱人关怀的时候，他也不在身边，这样的爱情是有缺憾的。如果两人最终修成正果，这些绝对会成为他的“把柄”，被她在情绪不好时一次次提及，直到他的耳朵起茧、她也彻底说够了才会作罢。

首先，她应该是一个颇有情义的女子，因为她在还无名分时就为他怀孕、生子。也因为她是一个有情义的女子，在怀孕后，她就放弃了自己体面的职业，为了孩子的未来而远赴西雅图待产。还因为她是一个有情义的女子，在得知他身陷囹圄时，没有想过自己的未来在哪里，而一心想着要给他“留后”……多么可爱的女子啊！当无限额信用卡终于因故不能再使用时，她可以委屈自己，去站街贱卖那些昔日的奢侈品、如今的无用之物。

每逢佳节倍思亲。独在异国他乡，在圣诞节时，男友食言缺席，而房东一家的其乐融融更加深了汤唯的伤感，这就给了她一个走近吴秀波的机会，也给了对方深入了解她的可能。一个上得了厅堂的知性美女，同样也下得了厨房，还不乏生活情趣，且情深义重。这样的优质女子，没人爱可就真是稀罕了！所以，不愁吴秀波不会爱她。

很显然，如同现实中的汤唯知道自己的目标一样，影片中的汤唯同样知道自己的目标——有一个有爱人、有孩子且衣食无忧、温馨的家，而不是一个徒有其名、看上去好像很美好的虚假婚姻。这就跳出了人们关于“小三”的种种反面描述，使得影片的格调莫名地有些积极向上。或者说，汤唯是“小三”这个群体中的异类，打着爱情的招牌，她没有止步于仅仅得到名分或者只是让自己物质上变得富足，她还要对方的身心同时存在，需要对方有陪伴自己的时间。没有爱情，他们不会有孩子，但对方给予她的时间却甚少。正所谓，人在江湖，身不由己，他也是分身乏术。如此，分手是必须的，就看时间长短的问题了。

他和前妻复婚的结果，我其实一点儿都不意外。一个中年女人，享受惯了锦衣玉食的日子，至于自家男人在外面沾染的花花草草之事，就只能睁一只眼闭一只眼了。而且从她和汤唯的那次通话以及电话中焦虑的声音就可以感受到，她其实也算善良。一个并不多事的妻子，安然地守在家里，在男人需要的时候适当出现一下，于夫于妻都是一桩好事。写到这里，我想到了：各取所需，按需分配。

古人云：难得糊涂。汤唯却活得有些太明白。她之所以放弃已经到手的名分和丰厚的物质生活，应该也跟独守空房的日子有关。在他一次次找借口迟归甚至不归的夜里，她看清了某一类男人的真相：他既然可以背着他的妻与自己谈情说爱及至让她有了身孕，完全有可能也和其他更加年轻貌美的女子重蹈覆辙，不是吗？

她从自己的成功，看到了自己的失败。

有得到就必定会有失去，请允许我的刻薄。只可惜许多女人看到这一点后，大多选择了隐忍。隐忍的结果是婚姻的维持；不隐忍，婚姻就只能被解体、重组。

只是离婚后的汤唯能争取到儿子的抚养权，让我有些意外。我不太相信孩子的亲生父亲会轻易放手。在西雅图再次相遇时，他带着他的女儿，她牵着她的儿子，这个圆满的大结局是导演安排的，也是观影人所期待的。好事成双，一个才情俱佳的美丽女子必定会得到一个优质男的爱情，她身心都要，他也身心都能给得起。所以，当吴秀波终于从炮灰男成长为优质男时，他和她相遇了。

为了《活着》而活着

电影《活着》和《霸王别姬》是从上映至今都口碑极佳的经典影片。这经典，既因为大导演、名演员，更因为一位不可多得的优秀编剧芦苇。

惭愧的是，我观影前大多先看谁是导演，再看谁是主演，真的很少关心谁是编剧。编剧这个幕后角色，影片拍好了不一定会有多少人关注，若拍不好，或许还会因城门失火而殃及池鱼，多少受些连累。因之，让我们先对这个角色保持适当的同情吧！

《活着》，我是先看电影再看小说的，但这既不影响我对编剧的敬意，也不影响我对小说叙事的好感。只是在细细读完小说后，我慨叹并深深地佩服编剧能从男主人公福贵几十年的看似细碎繁复，但却真实生动的人生历程中，穿插许多那个年代的大事件。人嘛，本来就是社会的一分子，不可能脱离社会存在，而主人公几十年的人生如同蛛网或蚕茧一样。独具慧眼的编剧从其中找到一个切入口，一点点地抽出一根长长的丝来，成为贯穿影片的主线，人物、情节全都围绕其前后左右。因编剧是二次创作，所以好的编剧会让小说更加光彩，也会对小说起到再次推广的作用。

编剧这个角色更多的是在幕后，哪怕影片推广，也少见编剧在镁光灯下受到众人瞩目。当然，编剧也不是深藏闺房，当作品获奖时，他要去现场领奖。领奖的消息被报道，观众才有可能知道编剧长什么样，但编剧终究不及演员和导演在观众中的认识度。

一部《白鹿原》，成就了陕西作家陈忠实，也带火了许多和这部巨著沾边的人和物，那部轰轰烈烈地拍摄，但却以惨淡票房收场的王全安导演的《白鹿原》也不例外。

我之前曾在一个讲座中，听芦苇先生讲述过关于他改编《白鹿原》的一些情况。期间，先生还当场念了第一幕戏的一些片段，立时就博得了人们热烈的掌声。在一片由衷的叫好声中，芦苇先生有一丝羞涩，简言之，是不好意思。我以为，这是很可爱的。

虽然芦苇的祖籍不在陕西，但却有一半陕西血统，他的母亲是一位贤淑的陕北女子。陕西的水土养育出了大导演张艺谋，也养育了大编剧芦苇。几十年的哺育，芦苇已经与陕西这块土地血浓于水地融合在一起。他完全以“老陕”的视觉，用敬畏之情，用睿智的慧眼去发掘，时隔数年，几易其稿，打磨、锤炼，再打磨、再锤炼，直至时间和火候到位，然后芦苇版的剧本《白鹿原》终于在人们关切的目光中出炉了！

3 月的最后一个周末，一场春夏之交的蒙蒙细雨降临三秦大地。春雨贵如油，却也给人们的出行带来诸多不便，但这丝毫不影响热爱《白鹿原》和喜爱芦苇先生的人们的热情。下午两点还不到，活动现场已经座无虚席。人们一边相互轻声交流着，一边满怀期待地等着活动开始。互动的过程是热烈的，也是让人每每回味起来都觉得难忘和喜悦的。

于我而言，还有更难忘的，那就是得知芦苇先生将有这样一个新书签售活动，我心里很想为自己喜欢的编剧画一幅漫像，但既因接连几天被安排外出拍摄电视短片，在秦岭山脉攀爬穿梭，甚累，也因感觉还不曾到位，所以不敢轻易动笔。周五深夜十点，我从山区归来后，方觉在岭上吹了冷风，赶紧吃了几粒药就捂上被子倒头大睡。周六下午，我又参加了一个露天活动，再次被风吹，晚上回到家早早入睡，入睡前心里还念叨着芦苇先生的漫像。凌晨一点，我突然从夜梦中醒来，一骨碌爬起来就打开电脑，开始着手绘制芦苇先生的漫像。

当时针指向凌晨四点时，漫像终于完成。当天上午我制作完成后，满心欢喜地期待下午的到来。

在活动结束后，我心情忐忑地把精心准备的漫像送到芦苇先生手中。令我意料不到的是，芦苇先生看到漫像后，像是个孩子似的开心地笑了。他首先夸漫像画得“真棒”，然后笑着问：“你画的吗？”“是！”“谢谢你啊。你咋画的呢？”我……

人，其实就是这样，有时不逼自己一把，可能真不知道自己究竟还能做什么。否则一些潜在的能力，就会被岁月湮没，被惰性作践。

一个能享受孤独的人，才能享受成功的快乐。

永远只跟第一流的书合作。

天才的孤独和孤独的天才

以被誉为“计算机科学之父”和“人工智能之父”的英国数学家艾伦·麦席森·图灵的传记为蓝本拍摄的影片《模仿游戏》，在第87届奥斯卡金像奖颁奖典礼上获最佳改编剧本奖，同时获最佳导演、最佳男主角、最佳女配角、最佳艺术指导、最佳剪辑、最佳影片、最佳原创配乐提名奖。

奥斯卡奖没有暗箱黑幕，获奖作品的质量绝对上乘，更何况根据真人真事改编的故事怎么也要比天马行空胡编乱造的要严肃理性一些。担任男主角的英国资深帅哥本尼迪克特·康伯巴奇曾主演过夏洛克·福尔摩斯。这部备受好评且一季接一季拍摄的影片名叫《神探夏洛克》，但我更喜欢叫它福尔摩斯，只因多年前在没完没了迷恋琼瑶的同时，也对中文版畅销书《福尔摩斯探案全集》爱不释手。当初我看他第一眼时并不是很喜欢，因为他没有书中描述的福尔摩斯那样的睿智的、几乎是标志性的鹰钩鼻。

两天后的大年初六晚上，我在电脑前静静地观看《模仿游戏》——那些 20 世纪 50 年代发生在大洋彼岸的故人旧事，以及那些曾因岁月蒙尘的卓越和感动。

这是一部倒叙的电影，沿着两条线索逐渐推进，相互交织缠绕，不疾不徐。

影片一开始就迎面撞见男主角那张熟悉、瘦削、惨白、颜值中等的脸，和福尔摩斯的造型有所不同，他在本片中的头发短且保守。如果再短那么一点点，就会让人觉得有一些二愣子的感觉，怎一个“村”字了得。这个发型远不及福尔摩斯的小鬈发那么迷人，同时迷人的还有他那大步流星、轻舞飞扬的两条长腿。

帅哥康伯巴奇的魅力指数一直是许多男星都不可企及的：他总是显得那么不羁又个性十足，有一种从娘胎里自带的特立独行的气质；他那专注、笃定、深邃的眼神，每每被误解时欲自我辩解又欲言又止的表情，还有无奈之时紧抿的薄唇……啧啧！你会觉得天才一类的角色必定非他莫属，他也铁定就是一块演天才的好料子，而且是极好的那块料子。我仿佛看到他那总是耷拉着几绺鬈发的大脑门上生生镌刻着“天才”二字。

男主角的现实身份起先是教数学的教授。作为一名曾经本本分分的理科好学生，我的脑海中瞬间闪现出几任数学老师的已经有些模糊的脸庞，好像也有小鬈发男夹杂其间，或许纯属偶然。

影片中，一位称职的警察从一起失窃案件中似乎察觉到有些被人刻意隐瞒的秘密，虽然他不知道这秘密是什么，但强烈的好奇心驱使他进一步对“失窃者”展开调查。就这样，一个本不应被后人知晓、藏在沉沉大幕后面的秘密被悄悄掀起了一角。好奇害死猫，正是这位警察的好奇才使得这个故事有了进一步发展的可能，从而让男主角少为人知的辉煌经历呈现出来，却也顺带牵扯出了他的个人隐私。

“我喜欢解题，英格玛是世界上最难的题。”男主角如此解释自己申请加入解码团队的原因。观影的我也在心底悄悄说了一句：“咱当年也喜欢解题，只是那些题仅限于书本上和辅导书上的数学题。”由此不难看出，平庸之辈跟天才有着地下天上之差，怎么仰望都不可能够得着。

没办法，一些人天生对未知世界着迷，而且越是难啃的骨头越是会深陷其中。在此，我顺便分享一下影片中两次出现过的一句话：“有时恰好是那些最意想不到的人会完成最意想不到的事。”

许多人成年后的表现，都和年少时的经历有很大关系。男主角如果没有一次次被同窗们欺负，如果没有得到同样优秀但却英年早逝的好友的真诚帮助，他仍然会是比常人优秀许多的天才，但人生或许不会有后来的那般精彩，也未必会取得那样卓越和非凡的成就。

微信里每天都有许多鸡汤文，我独独喜欢这一句——一个人走得很快，一群人走得更远。这句话用在影片《模仿游戏》中是再合适不过了。

“你多聪明都没用，要利用一切可以借力的帮助。如果他不喜欢你，就不会帮你。”天哪！女主角这话说得怎么这么富有哲理，难怪她完成填字游戏的时间比天才的男主角都要少。难不成天才这物种也是扎堆的，参与解码的那帮家伙随便拿出一个来都是响当当的让世人敬仰的天才！

两年过去了，男主角和团队其他成员从相互排斥、不信任，转变为到后来互相主动取长补短、齐心协力攻克难关。甚至在男主角被不喜欢他的上司开除的关键时刻，那些他曾认为会影响他工作的团队成员为他挺身而出，使得上司最终留下了他，让他天才的能力得以继续发挥作用。

就在男主角和他的团队绞尽脑汁研制图灵机破译密码的过程中，法西斯的铁蹄没有丝毫停歇，四处践踏，疯狂嚣张，许多无辜的生命丧生，纳粹的旗帜插在了一个又一个国家的首都。

就在大家一筹莫展之时，一次放松时无意间听到的一句话竟让他茅塞顿开，密码破译迅即取得了突破性进展。

他们几年来的辛苦缩短了战争持续的时间，也使得他们的国家最终赢得了战争。随着战争的结束，他们也要离开曾朝夕相处、一起并肩战斗过的地方。终究，要尘归尘、土归土。

是不是有些残忍？

中国古话说：飞鸟尽，良弓藏；狡兔死，走狗烹。中国还有个成语：卸磨杀驴。不必详细解释了吧，你懂的！

战争结束后，因失窃案被迫进入警察局的图灵，黯然神伤地面对讯问他的警察发出“我是谁”的质疑。英雄？犯人？机器？人？是，又不全是；不是，但，事实上又是。

因为是同性恋，他受到团队里潜藏的苏联间谍要挟，而在功成名就之后，他又被迫选择接受药物治疗。一年后，他服毒自杀。41 岁，正是一个人出成绩干事业的大好年龄，他却永远离开了这个令他毁誉参半的世界。

60 年一个甲子。60 多年前，图灵和他的团队呕心沥血制作完成的图灵机在“二战”中发挥了举足轻重的作用，但庞大且笨拙。60 多年后，体型娇小、携带方便的新型“图灵机”已经彻底改变了现代人的生产和生活方式，如今它有个家喻户晓的名字——电脑。

是的，就是电脑！

听说编剧格雷汉姆·摩尔站在奥斯卡领奖台上说过一番话，顺录于此："我16岁时曾经想自杀，因为我觉得自己怪异，觉得自己和别人不同，觉得自己不属于他们。而现在，我站在了这里。我想用这个机会对那个觉得自己怪异、觉得自己和别人不同、觉得自己不能适应任何一个地方的孩子说几句话。不，你能适应。我向你保证，你能适应。请保持你的怪异，保持你的与众不同，然后当有一天轮到你站在这个舞台上的时候，请把同样的信息传递给下一个人。"

青春的余烬

感谢赵薇，让我们在影片《致我们终将逝去的青春》中又重温了一次已逝去的青春。

我们虽然看的是电影，在电影里看到的却是现实里的自己。

一个人活在世界上，无论出身和才貌学业如何，青春岁月都是必经之路，在这条路上留下怎样的脚印却因人而异。青春年少时，春情萌动，爱了，也被爱了；或是暗恋，也曾被暗恋，都会有遗憾、有缺憾。初恋时，我们不懂爱情，爱情不经意间来了又从指尖滑落；在殷切期待中，爱情却又姗姗来迟……青春时的爱情有 N 种可能。

不胜枚举，不举也罢。

爱着时，恨不得一夜之间就双双白头；不爱了，无论男女，也无论自身的酒量咋样，都会提着个啤酒瓶对嘴吹，末了，找个怀抱哭上个昏天黑地，然后泪眼一抹，该咋过还咋过，谁让咱有的是大把可以挥霍的青春呢。就连著名作家王蒙都忍不住在其代表作《青春万岁》里激情讴歌：所有的日子 / 所有的日子都来吧 / 让我编织你们 / 用青春的金线 / 和幸福的璎珞 / 编织你们……

我以为，赵薇打出“青春”这张牌，还真是高招。虽然这部影片不过是一份造价颇高的作业，但在高人们的指点和掺和下，完成得还是不错的。她的这招直接击中了所有人的软肋，包括我，一位死死抓住岁月的门框不愿步入中年的“70后”。比我们再年长一些或年轻一些的，都正处于这么一个阶段：往前看，现实人生已经基本成型；往后看，青春的余烬里似乎还有几颗火星子闪闪烁烁，在无尽的暗夜里毫不客气地揪扯着人心。

集体宿舍、公用水房、阶梯教室、阅览室、大操场、林荫道、丰富多彩的校园生活……这些都瞬间把观众拉回自己曾经的过往。时光荏苒，宿舍还是那宿舍，校园还是那校园，唯有人却早已不再是那人了。当青春只剩余烬时，我们只能偶尔蹲在灰堆旁，拿根细棍子去翻翻捡捡，或者独自默默地舔舐自己的伤口。

泪眼婆娑之时，我怯怯地想，这个被各路人马倾力打造的青春题材影片，似乎更多的是导演和编剧的青春记忆，或者是他们青春记忆的留痕。而我，宁愿在别人的故事里流下自己的热泪，并用磅礴的泪水慰藉即将逝去的青春。时隔多年后回首青春，我，是谁的灰烬？谁，又是我的灰烬呢？只是，分手后，何须再见？

演职员表的字幕在电脑屏幕上缓缓移动时，我为了缓解视疲劳，拿眼去望窗外。此时天的西边，橘红色的天幕热切地铺排开来。雨后晴好的日子里，雾霾消散，从明城墙上遥遥地望过去，钟楼的雄姿清晰可见。这座十三朝古都里，日日上演着多少悲欢离合、喜怒哀乐，而爱情，还在继续。

在爱情的路上，人们总是前赴后继。

恋恋不舍冲绳

《恋战冲绳》作为一部爱情题材影片，不靠床戏吸引眼球，也不靠没完没了的吻戏支撑影片，画面干净、唯美，配乐和画面珠联璧合，不可多得。但我更关注的还是片中的张国荣和王菲。

当张国荣扮演的角色对王菲扮演的角色有兴趣时，他并没有直接展开爱情攻势，而是假装无意地路过，自称“给她见我提供机会”。见了面，彼此并不说一句话，只互相拿眼神故作不经意地扫视对方，有时不过是余光而已。

我喜欢。

他假装在柜台不远处欣赏音乐，摆弄碟片，而她拿起抹布，装作漫不经心地擦拭着柜台上的玻璃杯子。那一刻，世界是喧闹的、杂乱的，但世界也是静谧的、温馨的，是属于他和她两个人的。一股微微的甜丝丝的感觉在空气中缓缓流淌，非蜜，却似蜜。她慢慢地擦着杯子，故作矜持，假装无意中一瞥，发现他已经不在了，遂怅然若失，失魂落魄。

而梁家辉扮演的档案小警察，一心想在仕途上有点作为。他和女友之间的关系印证了爱情中谁先付出谁就先输、谁付出的多谁就多半会输的铁律。爱情不讲道理，也没有道理可言。即便她觉得自己很委屈，但也无力回天。她越付出，他走得越远。

还有那位“黑老大”，阅人无数之后，竟意外被备受冷落的梁家辉女友所吸引。他过手的女人各有千秋，从高大上到小清新，但他恰好也是在失意的时候偶遇了她，同病相怜。一场借酒浇愁之后，他们之间成就了一段伤心人的新恋情。

而梁家辉另有所图地请王菲吃饭，为讨好她，向她述说张国荣的种种“劣”迹，而不屑于他的任何好。谁知她却淡淡来一句：“你不觉得坏男人都比较有吸引力吗？”这恐怕是梁家辉不曾预料到的。正是他的刻意而为，反而推动了一对矜持的人彼此加深了解，随之自然而然地相恋。

世上没有一段爱情是完全相同的。

自张国荣的搭档在实施偷盗时意外救了因失恋而准备自杀的女店主之后，一个看上去即将付诸实施的银行抢劫计划，瞬间化为一部狗血爱情剧，两人立刻化陌生为熟悉，并在极短的时间内跳过花前月下的腻腻歪歪，直接过渡到了饮食男女。虽不浪漫，倒也实惠，也很适合当事人。

也许这世界就是这样子，让浪漫的选择浪漫，让平淡的归于平淡，让喜欢文艺的继续在文艺腔、文艺范儿中浸泡吧。

我不知道，张国荣是否是被搭档和爱人一起回乡下的行为所触动，四处去寻找自己心仪的女人。未果，他颓然坐在人去屋空的小店门前的台阶上，字幕上的字是：每一次失败可能是另一个成功的开始。我一开始误以为他俩的恋情黄了，谁知昏黄的灯光下，王菲却悄无声息地慢慢出现了，灯光把她的影子投下来，拉得很长很长。他没有转过身去，但是心中有蜜一样的东西在涌动。

我爱死了这个结局。

纵横岂止四海

一些恶人收养孤儿或者弃婴，慢慢引导和培养，让其长大后为他所用，协助偷窃，现实中这样的例子并不鲜见。许多都是小偷小摸，但也有例外的，或可成为“江洋大盗”。在影片《纵横四海》中，周润发、张国荣和钟楚红是一起长大的发小，他们都是被收养的孤儿，从小就被“言传身教”，朝着偷窃的方向发展。他们总是一起被打、被骂，自然惺惺相惜。

苦水里泡大的孩子总是要成熟得早一些。时光飞逝，他们三个渐渐长大，男的潇洒帅气，女的妩媚可人。在干爹的指导下，他们频频为其效力，一次又一次得手，敛得许多不义之财。随着年龄渐长，三个人对这种生活有所厌倦，萌生了离开干爹之意。

当然，影片一开始的画面节奏还是十分明快的：持枪警察武装押运一批世界名画，他们三个密切配合，惊心动魄又貌似顺当地窃得了理想中的画作。成功是必须的，但随后一个陷阱正向他们逼近，他们为人所激去冒一个更大的险。

人总是在利用和被利用中前行。身为职业小偷，他们也有自己的职业操守和爱好，对更大的难题、更难啃的硬骨头满怀期待和好奇。当然，历经千辛万苦得到名画后，他们却被伏击人员黑吃黑，相互走散。数年后再次相遇时，周润发扮演的大哥已经坐在了轮椅上，这是谁也不愿看到的结果，幸好，命还在。他们三个人自幼一起长大，心自然很近，因此不管谁遇到困难，大家自会肝胆相照、竭尽全力。

然而，和恶人斗也是需要智慧和勇气的。众人拾柴火焰高，三个人的力量加在一起自然也不弱，当他们齐心协力前进，拧成一股绳时，这股绳的力量是不可低估的。

这部暴力枪战片，剧情跌宕起伏，夹杂着兄弟情、友情和爱情。剧中主角每一次出手看上去都险象环生、惊险刺激，但最终还是遵循了好人必胜的道理。无论怎样艰辛，无论有多少曲折，最终还是恶有恶报，作恶多端的人终将得到应有的惩罚。被“控制”的三个人最终获得了自由身，从此过上了各自向往的幸福生活。

乌云散去，晴空万里，纵横岂止四海，不是吗？

我喜欢这部影片，不仅因为靓仔美女的完美演绎，也因为发仔的宽厚和身为大哥的睿智，以及他为了成全难弟难妹的爱情作出的牺牲和让步，更因为张国荣亦邪亦正入木三分的表演。他穿警服时，帅气十足、眉清目秀，十分吸引眼球。他虽然扮演一名偷艺高超的梁上君子，却也不让人觉得可憎可恶，反而想把他当作一位仗义的侠盗。

总之，喜欢一个人也许就是这样子，无论他怎样表现，心里都是欢喜的。

人一生总是要到一个地方去拼搏一阵子。
钱.

春天在哪里

有时候，演员们为了更接近角色，也为了显得更真实，会自毁形象，把自己本来姣好的容颜刻意弄丑，甚至会弄得有些恐怖。

蒋雯丽算是我喜欢的一位女星。刚开始看她老公顾长卫执导的《立春》时，我根本没有认出剧中那个龅牙、脸上还有色斑的女主人公是她。极朴素的着装暂不提，单是那条20世纪八九十年代颇为流行的一脚蹬紧身裤，就可以看出她和那个年代的街头女性别无二样。

影片的对话用的是半洋不土的北方方言，听着略别扭，但还是隐约有些亲切。随着剧情的展开我才知道，蒋雯丽扮演的是一位曾在中央音乐学院接受过培训的某个师范学校的音乐老师。和许多曾感受过京城浓厚文化氛围的人大抵相同，她也喜欢上了那座城市，并且想尽一己之力再次进入那所神圣的音乐殿堂，去深造、学习或工作。所以，她想办法托人买户口，一次又一次去中央音乐学院参加考试，哪怕一次又一次遭遇冷眼和白眼，吃闭门羹。她依然没有气馁，一次次从希望到失望，再从失望向希望挣扎。

我对于这种心中有梦的弱女子向梦想靠近时所付出的种种努力表示深深的敬意。被碰得鼻青脸肿，也比虚度光阴要好。失败、失败、再失败，也比从不努力，没有任何梦想更值得人尊敬、钦佩。

任何另类都不会孤独。

除了女主人公不满足现状、向往北京外，片中还有三位男青年有着同样的梦想，他们中的一位热爱绘画，一位热爱音乐，另一位热爱舞蹈。这三位对自己梦想的执着程度各不相同，有的彻底，有的不彻底。当然，他们所有的努力都白搭。既然他们被周围的人视为异类，就有其异于常人之处。他们有相似点，也有不同之处，更有着各自不同的未来。

蒋雯丽扮演的是一个不甘心平庸一生，不满足于现状，有美好人生向往的普通女子，有着一份普通得没有多少挑战性的工作，平常得甚至有点丑陋的容貌，生活中也没有什么追求者。有一次，她给那位梦想成为画家的青年充当裸模，并在他酒醉后与他发生了一夜情，她误以为爱情来临了。在认清事实，被薄情男子酒后一番羞辱后，她的心情又黯然了。她生活中唯一的一抹亮色，就是对美好未来的向往和憧憬。家境普通，工作和生活都没有多少可炫耀之处，无人爱，如果再没有一些希望，人，还怎么活下去呀！

岁月流逝，她甚至连一段庸俗的婚姻都没有。她一个人孤寂苦闷，半夜胃疼时，为了一片药，不得不敲开隔壁女同事的房门。这些，其实是一种无奈，也是一种悲哀。她不是不向往爱情，可是爱情偏偏不眷顾她。支撑她活下去的，只有事业了。好在，她有。

一次又一次的碰壁，对于她来说，苦的倒不是过程，而是结果的不可知和不可知背后还隐藏着什么。我佩服这个角色，除了她不屈的精神，还有她的理性。

女人多是感性的，尤其是多少有些艺术气质和艺术梦想的女人，则更甚。然而，她显然是女性群体中的异类，她的理性是惊人的。被“一夜情”所辱，面对众人，她没有什么表现，依旧延续自己之前的状态；被人欺骗，她恼怒了，但也只是呵斥他离开；当她被中央音乐学院的工作人员一次次拒绝，她也只能深深低下自己的头颅……

天安门广场上，她和养女你一句、我一句地唱着儿歌时，我泪如泉涌，这是感动的泪水。不管怎么说，她醒了，找到了自己的社会位置，给了自己，也给家人和众人一个看似正常的交待。

影片结尾，当淡妆的蒋雯丽“终于”站在歌剧院舞台上引吭高歌时，镁光灯下的她，满脸泪痕。

我知道，她已经彻底走出了人生的冬季，在迈向春天的大道上坚强地前行。不这样，又能怎样啊？只要春天来了，一切都会来的。

永恒的廊桥

对于廊桥和发生在廊桥上的情事，我早有耳闻，但却一直未曾见过。有一天，一个开本不大、薄薄的小册子《廊桥遗梦》出现在我手边时，我恰也不太忙，就斜倚沙发，随手翻阅，意外发现作者竟是一位记者同行，而男主角的身份也和作者惊人地相似。

或许是熟悉的东西容易书写，也好掌控吧。人在熟悉的环境里，获取的信息自然也多。正因为这样，我在正式看书之前，甚至八卦地猜测，指不定就是作者本人的某次艳遇，而又因种种现实原因，不得不有所舍弃，真真假假、虚虚实实，便有了廊桥上的遗梦。

爱情是美好的，也是一件可遇而不可求的事，它出现的时间也不由人所掌控。当爱情来临时，不论外人怎样看待，当事人自是深陷其中，个中甜蜜或酸楚，唯有自知。然不得不佩服作者这种新颖的写作形式，他以女主角的一对儿女再三思酌后，决定披露已故母亲当年的一段情事为开篇。当然，他们也是被两人当年的真情所打动，更被母亲为了家庭、为了儿女、为了现实，不得不让爱情作出让步的牺牲所感动。

我不想说哪种爱是大爱，哪种爱是小爱，只是从心底油然而生一种无言的钦佩，对男主角和女主角的钦佩。男主角因为职业的缘故，长期在外漂泊，以至第一任妻子因长期独守空房耐不住寂寞，愤然离他而去。之后，他未再婚，偶尔会有短暂的艳遇，但多随风而去，并不在他心上留下太多痕迹。作为一个心境恬淡又有一定艺术气质和独特个性的职业摄影师，他一方面按各种杂志约稿完成拍摄任务，另一方面或多或少还是想在摄影作品中表达自己的思想和对拍摄对象的感受、体悟，因而，就摄影来说，他和杂志社之间有时是互相让步的。我喜欢这种有个性的人，艺术如果没有了个性，就会变得毫无生气。

同样地，我也十分喜欢女主角。

作为一个热爱生活、热爱家庭，一个没有多少生活情趣的农夫之妻，她做的其实没有错，全心全意去做自己该做的事，尽心尽力相夫教子，栽花种菜，洗洗涮涮。虽不能说日子过得多么富足安逸，但还算过得去，因为周围的人每天都是这样过的，她也一天天地就这样过来了。

当然，许多事情表面看上去似乎有偶然性，实则是有必然性的。如果男主角到达廊桥之前，她的丈夫和孩子们没有一起外出几日，恰好使她空闲几天，接下来的一切可能就不会发生了。或者男主角到达廊桥时，她再年轻一些，没准儿两个人一番干柴烈火之后，她会义无反顾地随他而去，抛夫别子，从此两人情投意合、相依相携浪迹天涯。私奔也是许多文学作品惯用的情节。又或者，她再沧桑一些，从容颜到身心，都已经到了一潭死水的境地，任由男主角再怎样浪漫又卓尔不群，她也会波澜不惊地视而不见。可是，如果这样的话，又怎可成就廊桥好事？没有灵与肉、身与心的完美结合，又怎遗梦？

无论如何，对男女主角的适可而止是要翘大拇指的。

作家的冷眼世相

刘震云的中篇小说集《官人》，是他二十多年前的一个系列丛书之一。当时的刘震云虽还年轻，但已经是名气不小的青年作家了。而我知道他，确切地说，是缘于冯小刚导演拍摄的一部又一部由刘震云的小说改编而成的电影。而他，竟还在《甲方乙方》一片中客串了一个不是很重要但很好玩的角色。我对他在片中的角色印象比较深刻，过目难忘。几年后，我又听过他的一个关于文学的讲座，算是对他有了一个立体式的了解。

讲座中，刘震云讲到鲁迅先生写的那篇广为人们传诵的“一棵枣树”和“另一棵枣树”的故事，讲到他的母亲当年在供销社工作时，“供销社的门口有两个缸，一个缸里是酱油，另一个缸里也是酱油。”当时看不出他的表情属于哪种。他在讲座结束前总结道：文学，其实就是一棵枣树和另一棵枣树的故事，一缸酱油和另一缸酱油的故事。我觉得当时坐在角落里洗耳恭听的自己，好像听懂了，又好像没有完全听懂，懵懵懂懂的，似懂非懂的，但绝无醍醐灌顶之感。当然，这怨不得他。

文学作品应该来源于生活。至于文学作品比生活高还是低，你我都很清楚，不再多说。那些文字描述的故事，全都发生在我们身边。真实，非常真实。而真实的，却是残酷的。

《官人》的开篇就是《塔埔》。文字很吸引人，画面感很强。源于生活题材的小说生活味儿十分浓郁，十分亲切。初时，我认为有些自传体的味道。在中学时，青年人情窦初开，男女生之间产生朦朦胧胧的情愫，生发一些眉来眼去、你情我愿的、多为学习方面的互帮互助。有的或许会延伸到生活中的帮助，在双方力所能及的范围之内，也是正常之情。只是，那些初恋大多不太可能修成正果，尤其在那个多灾多难、缺吃少穿的年代，成功的可能性更是微乎其微。故事通常以某一方中途因故辍学，不得不为现实所迫，离开心爱的教室和心爱的人儿为转折点。时光荏苒，当他们再相见时，早已物是人非，当事人的境况也已今非昔比，唯有引人唏嘘，围观者也多一声叹息后转身离去。而这些意外中，又多是女方家境更为贫寒，被迫早嫁。那样的婚姻自然难如人意，只能勉强维持。实在维持不下去了，只能离婚，再婚；再离婚，再再婚。

也有例外，比如作家路遥的《平凡的世界》，就有所不同。

他选择女方家境较好而男方则要贫穷得多来书写。年岁渐长，女方成了省报的一名记者，而男方则成了一个“煤黑子”。纵使两人真爱且深爱，那又怎样呢？爱情在残酷的现实面前依旧是那样的软弱和无力。爱情，斗不过现实，且输得一塌糊涂。路遥有创新，也有无奈。在小说中，他只能让美丽的女记者田晓霞“意外”死去，独留“煤黑子”孙少平暗自心伤。

悲剧是最让人震撼的，但也只有悲剧才会让人难以忘怀。试想一下，如果他们顶着世俗的压力，努力用浓浓的爱情来抹平两人之间无形的壕沟，满怀期待地迈进婚姻的殿堂，他们会幸福吗？应该会有那么一段时间吧，但最终，他们可能会以解体而告终。看看现实中路遥的婚姻就知道这种模式将会是怎样一个悲伤的结局。相比来说，现实中的路遥好歹还走进了婚姻，有了一个美丽健康的女儿，而小说中的孙少平和田晓霞，却是在爱情的热度未减之时，离婚姻之门还有若干距离时，就不得不生死永别，不能相见。这是多么残忍啊！每次读到这里，我都忍不住地心如刀绞。

《塔埔》之后，紧接着就是办公室的琐碎，钩心斗角、明争暗斗。然后是官场的斗争，明枪暗箭、刀光剑影，表面看似风平浪静，实则互相踩踏推搡。书中所描述之状态，可怕至极，可鄙至极。

刘震云的官场、职场小说写得何止是入木三分！他把各个层级不同领域领导者的嘴脸揭批得体无完肤。当然，小说里也有人们期望中的好领导的身影出现，可好领导却未必会有一个好的人生结局。晨起，一位公正清廉的政府高官独自前往早市买鱼，轻轻一跤却转瞬离世。而刘震云对办公室政治也同样深谙其道，男女老中青之间的斗智斗勇，各色人等的小心思和小心计，全都被他手中的那支秃笔入木三分地刻画出来。他，或者她，仿佛就是我们的办公室同事甲女，或者乙男。这些人也为单位的工作出了力，但同时也为办公室工作的拖延、拖沓作出了不少“贡献”。

作为个体的他或者她，似乎每个人都有一腔怨气，觉得自己的言行是一种不得已而为之的行为，然而，在外人眼中，却全然不是那么一回事儿，遂彼此之间生怨、生恨，冤冤相报、恨恨相报，或者干脆闭目塞听、得过且过。其实，到了退休的那一天，大家再也不会有任何争斗，那气、那怨、那恨自然全都烟消云散。

在电脑上敲完这些文字后，我随手翻阅一旁的《中国艺术报》，不经意看到一篇题为《冯小刚：我们把不可能变成了可能——〈一九四二〉发布幕后纪录短片》的文章，文章还随文刊登了一张冯小刚和编剧刘震云在片场的照片。冯导说，电影《一九四二》的拍摄，缘于自己 20 年前读过的刘震云创作的纪实文学《温故 1942》，当时触动非常大……我心情复杂地暗暗想着，当年冯小刚导演阅读作家刘震云的作品时，我在哪里？在干什么？

卡夫卡的忧伤

朋友经过一番努力，终于如愿以偿地成为单位阅览室的工作人员，虽然也兼着其他工作任务，但因为这一工作是她期盼已久的事，天遂人愿，自然喜不自胜，力邀我去挑选一些自己喜欢的书籍阅读。次日晚饭后，我拉着小猫欣然前往。

从略微积了一些灰尘的书架上一行行地看过去，我最先取下的竟是卡夫卡的《城堡》。这本书因出版年月已久，纸张有些泛黄，开本也小，属简装版，在书架上其实并不怎么醒目。不得不承认，卡夫卡的文字有一种让人难以摆脱的魔力。那些文字不够阳光，不够穿越，也不够清新，更谈不上小资，但却有一种无以言表的魅力，让人欲罢不能。那些看上去絮絮叨叨又啰啰嗦嗦的文字多是对话和心理描述，较少有场面和景物的描写，如此往复，模糊、辽远。书中那些文字织成一张无形的罗网，或是一个深不见底的洞，牢牢地抓住我那脆弱敏感的心。

卡夫卡笔下描绘的是一位可怜的土地测量员。土地测量员应该是一个很小的社会角色，他的主要工作就是执行上级的命令。透过文字的描述去揣测，他应该算是一猥琐男，长相自然也不怎么样，跟时下流行的“高富帅”差得很远。

当然，这些只是我的想象。因为如果沿用人人都喜欢看上去顺眼的这个现实来说，他应该不属于此范畴。不够帅，便难以给人留下良好的第一印象；没有丰厚的家业打底，衣着自然要寒酸许多；无车，经过一路舟车劳顿，自然蓬头垢面，睡眠不足，精神状态欠佳。当然，如果能得到“城堡”中人，即他将供职的单位按官方正常手续接待的话，他起码能安顿住下来，但是并没有。如果有的话，土地测量员就不至于那样窘迫了。唉，果真那样，就是另一个人物的命运，也是另一部作品了。

土地测量员被一只无形的手，一个庞大得看得见、却又似乎看不见的机构以及一群貌似关心他、实则不停地帮倒忙的各色人等夹裹着。每个人都以自己的方式、自己的能力“帮”这位土地测量员，却也让他一次次从希望的云端跌至失望的谷底，一次又一次地从极度失望的谷底，抱着希望的迷幻稻草迷惑自己。

在漫长的冬夜里，他除了失望，还是失望。

土地测量员在不可预知的未来和眼前活生生的现实之间连滚带爬。那对落魄之家的姐妹花，酒吧间的两位各怀心思的女服务员，还有不可理喻的饭店老板娘，都在做着看上去很有理由，实则并没有多少实际意义的事情。城堡里庞大的机构自有其喻义，大家貌似都在做自己分内的事，甘当国家机器的一部分。但由于严重人浮于事，太多的人在其位却不谋其事，不作为，出工不出力，都在认认真真地磨洋工。

终于，在一个又一个闭门羹之后，土地测量员瘦弱的肩头再也无法支撑那些重压。他心力交瘁，在饥寒交迫失去一切生活物资、美好愿望也彻底幻灭的情况下，还惨遭爱人背叛。事业受挫，生活无着，心伤加上情伤，这个可怜的人儿终于被现实的重负给彻底压垮了。他的倒下，似乎让我看到卡夫卡的失落，和他揪心的痛。以他的个人之力，与“城堡”和高居其中的人们叫板，无异于以卵击石，注定只能以失败而告终。

我在多年后的中国大陆土地上，遥遥地揣摩着异邦国民卡夫卡写完这部书时的感受，他彼时的心情一定十分的灰暗、沮丧。关于土地测量员的人生结局，卡夫卡应该颇感忧伤吧。怎么能不忧伤呢？那样一个一心只想做一些事的人，不仅不能好好地去做事，而且永远也得不到一个或肯定或否定的准确答复，只是被无尽地拖、拖、拖……直到热情耗尽，生命耗尽。

生活就是这样无奈。土地测量员认命了，卡夫卡应该也认命了吧？不这样，又能怎样呢？

救命的土豆

时间虽过去月余，但每每翻起《十四家——中国农民生存实录》这部书，我还是忍不住热泪盈眶，内心随之涌起一阵阵悲恸。这是今年最让我刻骨铭心的一本书。

我初次阅读的过程是急切的，也是新奇的。急切是因为想知道这十四家农民兄弟的现实命运究竟如何，新奇是因为想知道农民这样一个并不陌生的群体，在一位陌生作者笔下究竟处于怎样的一番境况。书籍的版式设计别具一格，使得阅读起来颇为舒服，黑白两色的图片素净雅致，装帧设计等有许多可圈可点之处。

还是回到书籍的内容。

从我曾在农村生活的状况和今日还在农村生活的一些亲友的现实状况来看，农民的生存境况好像正在向好的方向发展。然而，非也。作者陈庆港进行了多年的深入采访和资料搜集整理，又经过大量筛选和归纳，最后将全部心血凝结成了这部图文并茂又饱含血泪的为农民而书写的史诗。读后，让人震撼不已，其实，远不止震撼。

土豆，按照各种资料显示，它的营养成分颇多，优点也不少，而且可供人们加工的形式亦很多，可炒、可煎、可炸、可煮、可蒸……然而，让你一天三顿地吃，让你一周七天地吃，让你一个月三十天地吃，让你一年三百六十五天地吃，你受得了吗？谁会受得了？

大人们出于对现实的无奈，虽然并不愿吃，但为了活命，每餐还是不得不吃下去一些。孩童们就不同了，总会有吃腻的时候，他们宁可饿着肚子也不愿再吃下不管什么形状也不管什么做法的土豆。

该死的土豆！让人又爱又恨的土豆。

这十四家的现实遭遇大都不是很好，哪怕有几家已经有了些许积蓄。农民要真正改变自家的命运，读书几乎是唯一出路。国家的九年义务教育政策早就实施，但仍有许多农民子女徘徊在校门外，不甘心地挥泪而别，提上打猪草的柳条筐无奈地走向田野，或是背起简单的行囊，被迫走上外出进城打工的漫漫征程。而打工的路也不是一条坦途：“黑砖窑”里的非人折磨，开采矿石时的险象环生，打工受伤未能及时接受治疗而最终致残……

古人云：富不过三代。可穷，却极有可能一代又一代没完没了地穷下去，子子孙孙，无穷尽也，仿佛永远也难以翻身。因为穷，便缺乏人生启蒙教育；因为穷，便不太可能有钱又有闲地培养孩子的各种业余爱好，使其成为特长；因为穷，哪怕历经千辛万苦、千难万险终于走到了高等学府的门口，也极有可能因为付不起学费，更无法支付生活费等，而不得不选择辍学。

知识改变命运。没有知识，何以改变命运？

贫居闹市无人问，贫居深山就更不会有远亲主动登门相助。在人情淡薄、世风不敢恭维的现实面前，所有人都活得很现实，对于一贫如洗的亲友，谁都唯恐避之不及。自家先天不足，若再没有来自各方面的援手，纵使子女有某些方面的天分，也会在艰难而又残酷的现实面前被一天天地销蚀磨损，及至成为和祖辈、父辈一样的老实巴交、木讷寡言的农民，面朝黄土背朝天，每天把东山的日头艰难地背到西山，靠天吃饭，靠手劳动，艰难地默默前行。

厚厚的一部书，捧在手中其实并没有多重，但读起来却让人轻松不起来。它掀开了现实中让人揪心的中国农民生存现状的冰山一角，看后令人倍感沉重。

我是在一次出差途中阅读这部书的。时逢雷雨天气，我乘坐的高铁被迫暂停于某个车站避雨若干小时，我借路途的闲暇将书籍仔细阅读完毕。掩卷时，我鼻子一酸，没能忍住，又流下两行热泪。之所以用“又”字，是因为在阅读的过程中，我一次又一次地为书中农民兄弟的悲惨命运和不幸遭遇而伤心落泪。作为一个普通的国民，我虽无太多力量去帮助他们，但却不能控制自己的情绪，一次次地热泪满面，及至泣不成声。

只恨，自己不够强大。

这个世界虽然千疮百孔，
但也值得潜入其中经历一次。

高加林的幸运人生

昨晚，我又一次为高加林的幸运人生热泪盈眶，已经不记得这是第几次了。

关于《人生》的内容，读过的人自然比我清楚，没有读过的人看了我介绍的梗概也不会对书的全貌有多少印象，因此，我并不想提太多内容。书中的主人公高加林从高中毕业到他 24 岁的这一段短暂经历，可谓跌宕起伏，由大悲到大喜，又由大喜瞬间跌至人生的谷底，而一个意外，又让他再次被一只无形的手推到了另一件喜事的面前。一次又一次的喜悲交织，让这个生性倔强的陕北汉子不得不最终屈服。而让他的人生大起大落的一个因子，就是他的爱情。

一个人只要活在这个世上，就会爱人，也会被人爱。高中时，高加林和黄亚萍因为能谈得来，经常在一起聊天，不过他们深知双方家境的差距和未来的不可知，因此没敢往情感方面考虑。

而高加林的初恋应该是刘巧珍带给他的。他们是彼此的初恋对象，对对方都倾情地付出，毫无保留。正处于人生低谷期的高加林自然对这份爱情十分珍惜，哪怕对方是个不识几个字的农村女子。他整个人的身心都是愉悦的，那份由恋爱而引发的欢喜非亲历而不可知；巧珍更是开心得不得了，她终于赢得了心仪已久的加林哥的爱情。对于这样一个本来就对生活所求很少的聪敏女子来说，除了满心欢喜，还能有什么呢？

快乐总是短暂的，如同美丽的烟花，在经历了最绚烂的那一刻之后就黯淡了。

高加林是幸运的，作为一个只有塌墙烂院、一贫如洗的普普通通老农民的儿子，能得到川里“头梢子”（编者注：“头梢子”为陕西方言，表示“最好的”，此处指巧珍是川里最美的女孩）的纯真爱情；然而他又是不幸的，最终巧珍嫁作他人妇。高加林也是幸运的，第一次失去工作回到土地上后，如果没有巧珍的爱情支撑，他应该不会那么轻松地熬过来；然而他又是不幸的，当他第二次失去工作回到农村时，也彻底失去了巧珍，虽然她心依然。高加林还是幸运的，他第一次离开农村后，成为一名光荣的民办教师，凭借自己的才能干得十分优秀，广受尊重；他第二次离开农村后，成为县委通讯组的一名宣传干事、让人艳羡的记者，凭借自己的刻苦勤奋、满腔热忱和良好的文字功底，以及不可多得的灵性、悟性和洒脱又阳光俊朗的外形，成为全县人眼中文武双全、才貌俱佳的佼佼者。我坚信，在高加林的同学和校友中，不乏优秀之人，可是，他们却没能有这样的幸运来展示自己的才华。

一个人优秀不可怕，可怕的是有些时候不能把持住自己。高加林是充满朝气的，更是理性的，他会经常反思自己的言行，这在他那样年龄段的青年中是不多见的。但是，他太想离开土地、离开农村了，太想端公家的饭碗了。如果接受黄亚萍的爱情，他就可以随她和她家人一起去南方工作、生活。这样的美好未来，对于一个生于农村、长于农村而又有才情、有梦想的青年才俊来说，太有诱惑力了！而被父母视若掌上明珠的独生女黄亚萍不但家境丰盈，本人同样才貌双全、热情大方、性格开朗。现实中，再怎么理性的人，也难逃此“桃花劫”。最终，思路决定了出路，他放弃了巧珍。

一遍遍地读过、哭过、感慨过、思考过，斜倚床头，我久久不愿掩上书本，心底一次次地对高加林历经的这些坎坷做一些不切实际的假设：如果不这样做，会是怎样的结果呢？如果他没有被村支书的儿子顶替掉，一直做一名民办教师，也许最终会成为一名公办教师，随着资历和年龄的增加，或许最终会成为校长。但他若没有回到农村，巧珍是不敢向他表白的，他们的人生轨迹也不会有任何交汇的可能。他也会有初恋，但女主角一定不会是美丽、多情又专情的巧珍。如果他从学校一毕业就回到农村，回到生他养他的土地上耕种，不曾有任何机会让他离开土地，如巧珍所愿的——两人相爱、结婚、生子，像许多农村青年一样，过一种平凡、平静的生活，他就不会觉得得到巧珍有多甜，也不会觉得失去巧珍有多苦，没有对比就没有深切体悟。如果他第一次回到土地上后，再也没有机会离开，虽然也心有不甘，但他不得不屈从，像一头倔驴一样被套上生活的沉重枷锁，遭受经年累月的煎熬和磨砺，或许他会成为村里的能人，以他的智商完全可以，只要他愿意，他还会收获全村人的羡慕，因为他有一位美好且又深爱他的女人——巧珍。如果他第二次离开土地后能够把持住自己，不做一些不太切实际的梦想，安于现状，仍旧牵着巧珍给他递过甜瓜和许多朴素食品、物品的一双手不撒，那么，即使黄亚萍再怎样折腾也不会引来后面的一系列麻烦……

只是，所有的假如都只是一种虚妄的假象。如果真是那样，他就一定不是高加林了。高加林的好学上进使他比周围的人更有才情，但他要按正道走出农村离开土地，唯一的出路就是去挤那座独木桥——高考。高考未果，空有一腔抱负和一身才艺，他自然不会安下心来成为和父母亲那样一辈子在土里刨食的老实本分的农民，一旦有任何机会，他都会毫不犹豫地抓住。在他拥有一位亲密的爱人后，他会犹豫一下，但是他绝不会放弃机会。这就是他会选择黄亚萍而放弃刘巧珍的原因。作为一个男人，他需要事业，需要一个可以让自己大展拳脚、施展才华的事业。我敢说，如果有另一个什么亚萍向他抛去一个更大、更美好的绣球，他也会犹豫一下，然后接住。有些苦难，他是必须承受一定的程度才会幡然顿悟的。他，并没有错。

整起事件绕不开的核心人物是黄亚萍。如果她的父母亲在给她爱和良好教育的同时，也注重她的人生观、价值观教育，她不会轻易离开相恋两年多的男友而转身狂热地追求高加林，并很快就投入他的怀抱。无论她和男友的那段恋情中谁付出得多、谁付出得少，她其实都不应该轻易忘却。当她曾经喜欢、后来热恋的第二任男友高加林的身份由记者变为农民后，她立即就无法接受。高加林本人和读者其实都很清楚，如果有另外一个更加优秀、潇洒又有风度的男子出现，她同样会直奔对方而去，她对前任男友的歉疚很快就会消失。这样的女子，一生爱的人其实只是自己。当然，她也没有错，因为她有这样选择的资本，暂时可供她恣意挥霍。

和黄亚萍不同的是，巧珍一双含情脉脉的眼里只有她的加林哥，哪怕他背信弃义地离她而去，哪怕她最终不得不委屈地嫁给他人，她也会在心底一辈子珍藏着他。任何时候抖出这段情感经历，只要轻轻拂去岁月的尘埃，她对他的爱都会是真实而纯粹的。

而高加林的幸运，还在于路遥有一颗善良而又仁慈的心。他给高加林的人生路上安排了一些挫折，布置了一些困难，也让他周围存在着几个看上去像是坏人的坏人：村长、“二能人”以及他的无知的妻子和大女儿、曾在公社工作后又成为县劳动局副局长的那位马屁精、高加林情敌的恶母……但这一路上，在坎坷中，他始终安排着种种带着积极力量的故事情节。当高加林失去一切两手空空地再次回到他不愿回的土地上时，路遥让昔日那些或冷嘲热讽、或羡慕嫉妒恨的同村人全都显露出人性向善的一面。人们以一种极宽容的姿态迎接高加林的回归，就连曾有预谋的巧珍的姐姐，也被妹妹的一片诚心所打动，和妹妹一起苦苦哀求公公向还未到家的高加林伸出援手。而老光棍德顺老汉几十年人生历练凝结而成的一番肺腑之言，让刚强的硬汉子高加林双膝跪地痛哭失声，也让我的泪水再次夺眶而出，从脸颊上一路倾泻而下。

路遥，我亲爱的未曾谋过面的同乡，您若在天有知，请笑笑吧！

那只该死的虫子

对于有的书，我们会充满阅读的渴望，无限神往、无比期待。而有的书，却让人很难有阅读的冲动，比如，弗朗茨·卡夫卡的作品就是其中之一。

多年前的一位文友，虽系男性，但其性格极其温婉腼腆，总是一副沉闷、忧郁的样子，让人总觉得不够轻松、自然。后来，有其他文友提起此人时，戏称他为“后村的卡夫卡”。那时的我对弗朗茨·卡夫卡及其作品还知之甚少，只因不喜欢此人的性格，遂对卡夫卡的作品有意避而不读。

人多爱屋及乌，但，若厌屋，自然也难免连累无辜的“乌”吧。直到有一天，在一次又一次听说过卡夫卡的名字之后，去书店翻书时，我按捺不住萌生的好奇之心，随手取下一本卡夫卡的《变形记》。

翻开书，那种深深的阴郁就立刻侵袭过来，让我几乎喘不过气。有那么几次，我甚至想扔下书不读了。现实中各种天灾人祸的搅扰，已经让人烦不胜烦，读一本书，却还让人这般地沉重。想了又想，我还是忍住了，硬着头皮继续往下读，好在，终于读了进去。

张爱玲在多年前曾说过：出名要趁早。然而，有的人在生前默默无闻，死后却令世人惊叹不已；有的人在生前大红大紫，死后却渐渐被人们遗忘；而有的人，无论生前或者死后，都是一样地受人追捧，热度不减。

《变形记》既然是小说，人物自然是虚构的。我不能知道主人公曾经长什么样儿，或潇洒英俊，或猥琐龌龊。可是，他"变形"后，背上一个厚厚的硬壳，成为异于"人"的一种动物。哪怕他依旧心地善良，对亲人的爱丝毫未减，知道自己是谁，曾干过些什么，正在或已经发生了些什么变化；哪怕家人也知道此异物系自己的亲人，心里也是爱他的，然而他外形的变化多少还是有些骇人，让他们无法接受。而且，变形后的他无法言语，不能书写，根本无法和家人进行正常的沟通和交流。当亲人们尝试着接受他而失败后，他也尝试着接触家人，最终还是失败，双方都很沮丧。

人之初，性本善。他的妹妹试图接受他的变化，仿佛一下子长大了许多。以前，她完全依赖于父母和兄长的呵护，日子虽过得并不富足，但也衣食无忧。面对变故，她一下子成熟了。当母亲忧伤时，她毫不犹豫地担当起了顶梁柱的角色，手脚利索地做家务，照顾双亲，给哥哥送吃送喝，打扫他的屋子。母亲在好奇和惊恐的心理作用下，看到儿子的样子后尖叫着晕倒在地，了却了自己的好奇心，却也让自己脆弱的心灵受到更深的煎熬。父亲的表现最可恶，他远远地扔过去的那个水果，无异于一块大板砖，甚或巨石，无情地击碎了儿子欣欣然迈向未来的梦想。

随着时光的流逝，妹妹也渐渐有些不待见他了。

人，真是薄情！当家里的顶梁柱意外成了累赘时，无论怎么厌恶，家人却终究是不能撵他出去的。后来，妹妹虽也还给他送吃送喝，但他能感觉到来自妹妹的倦怠和不耐烦：她放置食物渐渐潦草起来，打扫他房间的卫生也开始一天比一天敷衍。父亲的野蛮粗暴，母亲的哭哭啼啼，妹妹的烦不胜烦，让这个可怜人的心终究扛不住对生的希望了。他对生活的希望渐渐趋淡，一度明亮的眼眸也开始变得无光。

中国有句古语：久病床前无孝子。对于已经不是“人”的他来说，又能享受到多少人间温情呢？他开始漠视妹妹不经心送来的食物，不再喝水，不再摄取任何能量。仅靠某种信念的勉强支撑，生命的长度总是有限度的。尤其当他的意外闯入惊扰了家中房客时，他的处境更加艰难，因为这让家人又少去了一些并不算多的维持生计的收入。

日子一天天过去，晨或者昏，对他来说都不再有任何意义。当所有的希望全都变成失望，当所有的梦想全都成为妄想，当所有的努力全都成为徒劳之后，他万念俱灰，无奈地走向了生命的终结。

也好，终结也算是一种解脱。于他，于家人，都是一种解脱。而我在写完这些不痛不痒的文字后，唯有在心底默默地祈祷，祈祷逝者的灵魂早点儿安息！虽然这个小职员是作者虚构的，我却宁可相信他是真实存在的，而且不止一个。希望看到这个文字的您，也能相信。

荻野吟子的梦

荻野吟子，一看到这个名字，我就忍不住心底暗暗一乐，想起多年前一朋友讲过的桥段：某夫妻，哈日，后，妻改名曰欺郎太甚子，夫改名曰怕婆哆嗦夫。真伪无从考证，也无须考证，纯属题外话。然阅读日本作家渡边淳一的《花葬》时，正逢日本拿钓鱼岛问题狠狠地砸自己的脑袋。从各种媒体到街谈巷议，国人的爱国热情正膨胀得满满的。我也有些不可避免地义愤填膺，但回想一下自己的摄影、摄像器材中，国产设备寥寥，而日货却一台又一台，而且我喜欢的动漫和影视剧，也多为日本的，所以我自己主动选择闭嘴。

这是一部长篇纪实文学，或曰报告文学、人物传记。荻野吟子是书中的女主角。书中的文字亦新闻、亦文学，故事性极强。很是感谢作者极强的讲故事能力，也很感谢翻译，因为一个好的翻译，对一部作品的成败功不可没。

再回到书中。

身为一个颇有教养的女孩，荻野吟子接受了许多很好的教育。她听从父母之命，嫁给了一个本国男人。那个花心的、不负责任的男人背叛了她，并且害得她染上了让人羞于启齿的病。她没有选择忍气吞声地咽下这枚苦果，而是毅然决然地回到了自己父母亲的家。痛定思痛，她要为自己的未来考虑，毕竟不能让父母养自己一辈子。因为染疾，她不能再生孩子了，也不打算再嫁，因为她已经“恨死了男人”。从自身考虑，她萌生了当一名女医生的念头，并让自己这个信念很快坚定起来。

在周围人异样的目光中，她顶风冒雨地朝着自己心中的梦想前行。经济上有至亲的鼎力相助，有还算殷实的家庭基础打底，倒还不至于让她太过于艰难。求学的难度是最大的，对于零基础的她来说，最初看起来似乎就是不可能的。

中国古人云：有志者事竟成。哲理无国界，此语适合于人世间所有的有志者，同样也适合于邻邦的有志有为青年。吃苦是肯定的，一个又一个出现在吟子面前的难题，最终都被她一一化解，这让我十分佩服，甚至有些肃然起敬。

天遂人愿。她不但学有所成，而且终于开了自己的诊所。期间的酸涩、求学的艰辛，非亲历而无法真切感知。只有信念，让她在各种困难面前坚持前行。诊所的生意日渐兴隆，渐渐地，声名远扬。行医过程中，看着一个又一个姐妹深受病痛折磨之苦，她越发坚定了信念，她以忘我的状态全身心地投入工作，带领几名和她有着同样热心的女护士，夜以继日地为减轻病人的痛苦而努力。她行医，不以营利为目的，因而，更加人性。加之身为医生的她是女性，使女患者更易于接受。虽然有时男患者会对她有些愤懑情绪，但对她的问诊态度和精湛的医术还是颇为满意的，渐渐地，也不得不服气。在一个男医生长期占据医疗领域主导地位的国家，一个女医生的生存之路与创业之路，该是多么的艰难啊！

读这部书的过程中，网上网下正在热炒“钓鱼岛”，双方或N方都在憋着一股劲儿，从精神到物质上，搞得彼此都很疲惫，下不来台。读到异邦女子吟子感人的故事，我在心里宽慰了些，不再那么怨恨。

当吟子的事业越做越大时，社会各界对她愈加认可，她的社交圈子越来越大，朋友也越来越多。而她，也不再像以前那样自闭。

是啊！当理想已经成为现实，事业正如日中天，对于一个曾经饱受屈辱的弱女子来说，艰难地走到今天，夫复何求？吟子柔弱的肩膀在变得坚强，同时，她的父母也在渐渐老去。这些都是正常的。生老病死，谁也无法阻挡。吟子也曾悲伤、悲痛，痛定思痛之后，她的牵挂和牵绊也越来越少。弟弟的软弱和弟媳的飞扬跋扈，让她对荻野家族继承人心生不满，勉强维系亲情，但不再过多联系。当然，和她曾患难与共，最了解她，在最艰难时给过她帮助的姐姐，接过了母亲手中无形的接力棒，成了她唯一的精神寄托，也成了她人生暮年唯一的精神支柱。

当吟子的事业终于达到她梦寐以求的程度后，一个高大帅气的男大学生经人介绍入住了她的诊所。我几乎已经可以猜到，他们应该会有一段故事。事实果真如此。爱情可以让任何人疯狂，吟子在经历了一段失败的婚姻之后，倍加珍惜这份迟来的爱。她不但十分支持爱人的事业，而且还搭上了自己的事业——随夫远赴那片缺衣少食、天寒地冻之地建造一个乌托邦，最终以失败而告终。

当希望成为失望，当梦想被现实无情地践踏时，雪上又加了霜——吟子欲重开诊所，但因社会医疗的快速发展，以及人们求医理念的变化，开诊所变得更加艰难。可是，不管怎么说，吟子的理想实现了：她成了日本历史上第一位女医生，也获得了爱人的心，有了一个家庭。

只要生命曾经灿烂，哪怕只是一瞬，我们都应该为之欢呼和振奋。

由《父亲》想到母亲

罗中立先生的油画《父亲》是我很早以前就十分喜欢的一幅绘画作品。我曾借用其“父亲”的形象画过一些漫画，一幅名曰《我们只有这一碗饭》，另一幅名曰《父亲的碗里也没有饭》。

夏季的某天，中国美术馆里环境宜人，我沿着一个个展厅有序布置的参展画作细细品读。这是中国美术馆建馆 50 周年馆藏精品展，展出的件件都是不可多得的精品佳作。一幅幅地看过去，我的心情几番跌宕，心绪一时不能平静。突然，映入眼帘的一幅画面巨大的作品让我几近窒息——《父亲》，就是它了！我顿时觉得所有的形容词都显得苍白无力，头脑里根本找不到可以合适表达我当时心情的词语。画的旁边还附有罗中立先生当年捐画时填写的表格，可亲见他早年的手迹。

父亲，像一座山，是我们生命的有力支撑，让我们敬畏，又让我们坚强。当时光流逝，父亲也在慢慢老去，所以，人们才会以各自不同的方式记录父亲或者缅怀父亲。在讴歌父亲的同时，我们自然也不能忽略母亲。古今中外，书写母亲的文学作品数不胜数。几年前，我就读过贾平凹的《写给母亲》一文，其中的文字质朴得甚至可以闻到散发着的泥土气息。他写此文时，母亲已不在人世，母子阴阳两隔，因而他的情绪更加饱满，感情也更加浓烈，以至我在读后很久依旧记忆深刻。至今我依然能记起文中的一句话："从前我妈坐在右边那个房间的床头上，我一伏案写作，她就不再走动，也不出声，却要一眼一眼看着我。看得时间久了，她要叫我一声，然后说：'世上的字你能写完吗，出去转转么。'"一个疼爱儿子的母亲形象赫然跃于纸上。

这些年来，我多少也写了一些文字，写父亲的还有那么零落几篇，但写母亲的却几乎没有。小时候，我一直在母亲身边长大，极少离开，只有一次因病住院治疗，我被寄放在姨妈家，才和母亲分开一段时间。在等待母亲的日子里，年幼的我有时会坐在姨妈家的门槛上，两手托腮，悠悠地对进进出出的姨妈说："我妈咋还不来接我呢？"这句话之所以时隔许多年还会被我记住，并不是说我自童年起记忆力就有多么好，而是因为姨妈和母亲交谈时一再提及，母亲又总说与我听，使得我印象深刻。

父母太勤，儿女必懒。

我离家到省城求学以前，从没有洗过自己的任何衣服，更没有干过一点儿家务。母亲说话总是大嗓门，常常人还不见声音就已经先一步来了。快人快语的母亲只要有个什么事，往往是等不到明天就给办了，啥事都不过夜。我以为母亲一直会声音铿锵、步伐矫健，直到有一天，无意中瞥见母亲的黑发中竟有几根银丝倔强地跃出，它们在阳光下是那样的刺眼。我遂轻轻用手拔掉。这一拔不打紧，竟发现在黑发的掩映下，银丝早已不是几根了，而是一撮又一撮的。我突然鼻子一酸，冒出一句："妈，你咋这么多的白头发嘛！""妈老了啊。"说这句话时，母亲的声音竟有些哽咽。我和母亲许久都没有这样亲昵了。虽然我们都不是感情很外露的人，但我的神情也有些黯然，似乎要说出："妈，我不想要你老！"

不论罗中立的"父亲"还是贾平凹的母亲或我的母亲，他们都是中国亿万劳动人民中极普通的一员。

爱他们吧，从现在开始！

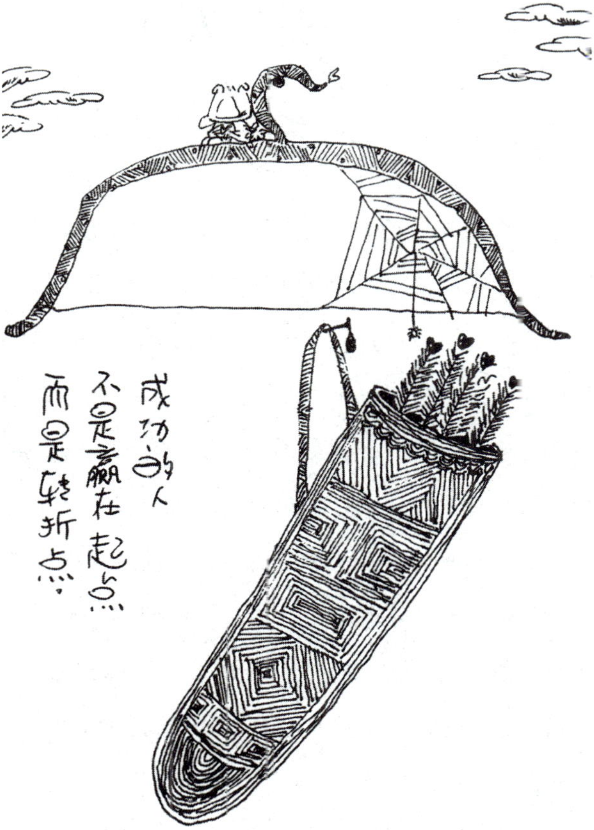
成功的人
不是赢在起点
而是转折点。

薪火人生

我曾经有写日记的习惯，但却没有看别人日记的爱好。当一本名为《圣坛之火》的公开发行且销量不错的名人日记摆在案头时，我在认真阅读它之前还暗暗在想：别人的日记，将会是怎样的呢？

出差收拾行李时，我毫不犹豫地把它装进随身的背包中，到机场过安检后，找了个相对僻静的地方就开始阅读，一头扎进作者的睿智思想中畅快遨游。一页页地轻轻翻过书本，我由开始的远远观望，逐渐走近，走进一位智者的灵魂深处。作为一个有爱好、有思想、有才情的男人，他在人生的前半段是处于上升期的，也是幸福的、幸运的：文学创作顺利，妻子温柔贤淑，一双儿女活泼可爱、聪明好学。

现实中，并不是每一位热爱文学创作的人都能得到读者的认可，但这本日记的作者本森做到了。他的作品一部接一部，并且销量和口碑俱佳。但每个人的人生都不可能永远是一条直线，总会出现一些拐点。本森教授的人生拐点一个接着一个地出现，而且每个拐点都貌似致命，让人心悸唏嘘。

先是最小的孩子夭折。一双儿女都是他倾注许多心血悉心培养的。儿子的突然病倒，不能不影响到他的心情。虽然他竭尽全力挽救，但儿子最终还是离他而去。虽然儿子走的时候很宁静、很安详，但儿子的离世直接影响到他的心情，同样也殃及他的创作。在儿子离世前后，他的文学创作也陷入了他最不愿意出现的焦灼境地——写不出来了。其实“写不出来”的状态在他儿子的身体状况看起来还健康时，就已经初见端倪。爱妻曾试图帮助他缓解失落焦灼的情绪，但后来发现收效甚微，只能眼睁睁地看着他痛苦难耐却又无能为力。

福无双至，祸不单行。儿子的病故使妻子深受打击，她一病不起。欣慰的是，在爱妻病倒时，还未成人的女儿便自觉担当起了一部分女主人的职责。但母亲离世后，女儿也渐渐萎靡，最后一病不起，随母亲而去。

原本幸福美满的四口之家就这样支离破碎了，独留本森教授一人。

可怜的人儿啊！

我无法想象生活曾经甜如蜜的他，怎能独自饮下一杯接一杯的现实惨烈的苦酒。他被一个接一个苦难的现实弄蒙了，整个人仿佛飘起来了一样，灵魂出窍，完全失去了继续活下去的勇气。

本森的人生既是不幸的，同时又是十分幸运的。他生活中的巨大变故令关心他、关注他的人颇为担忧。有一位长期瘫痪在床的老先生持续关注本森好多年，在本森遇到这一系列变故后，他每天邀请本森去他家聊天，谈天说地，宽慰他、安抚他，分散他的注意力。也幸亏有这位老先生的及时出现，才使本森从人生低谷期渐渐走出来，整个人慢慢变得不再那么萎靡不振、憔悴不堪，从惶惑的迷雾中渐渐清醒过来，重新回到生活的轨道上。

按照常人的眼光去看，老先生自己的人生也是极其不幸的。他年纪轻轻时就因为意外而卧床不起，人生的绝大多数时间都是在床榻上度过的。好在他是一个乐观开朗的人，心态一直都很好。大量的阅读给了他足够的力量，让他由本应被人们同情的角色变成一位让人钦佩、羡慕而又颇为尊敬的人。

无论谁，在短短三四年的时间里接二连三地面临人生的灾难性变故，至亲一个接一个地离世，多半都会一蹶不振。外人除了同情外，很难真正替对方分担什么，或许只能帮着稀释和缓解，但这些却对当事人尤为重要。

《圣坛之火》既是本森先生的日记，也是他人生某个生活片段和创作状况的缩影。这本书善意地告诉我们，人生看起来很漫长，但同时也是极其短暂的。人的一生总是会有弯弯曲曲的路程要走，也会有巅峰和谷底。巅峰的日子或许会引来外人无比羡慕嫉妒的目光，而低谷期的苦楚则要远比外人想象的痛苦许多倍。

让我们无比欣慰的是，不管怎么说，本森教授总算从“阴霾”中走了出来，经过低谷的“洗礼”，他更加坚强，更加热爱生活，把老先生对他的爱、把他对已故妻儿的深切思念全都化作对养子的谆谆教诲和悉心指导，及至把他培养成人。

在本森教授的人生暮年，我不知道他是怎样的状态，但我想他一定会接过老先生慈爱的接力棒，代代相传，把爱留在人间。

谁是谁的谁

雨，又是雨，还是雨，时急、时徐、阴冷，迷蒙、无期。

两分钟前尚且在家，两分钟后，她已端坐于办公桌前。这不是影视剧，是近在咫尺的现实。有时，或许会比两分钟多那么一点儿，三分钟、五分钟，或者更多，因为有时会出现意外。有那么一次，她刚踏进电梯，眼前突然一黑，当灯光再次亮起时，已是负一层。

这事若搁在以往，她或许会惶恐失措。然而那天，她相当冷静，只是持续按着警铃，直到电梯门被打开。生命旅途的各种悲喜，反复纠缠，销蚀啃咬。她的心，一次次被伤，愈合，再次被伤，再次愈合，新伤、旧痕累累叠叠。她曾经脆弱敏感，但也不得不变得坚强。无数个暗夜，或是晨昏，她独自忧愤、沉郁，晦暗的心找不到出口。然而，面对众人，她还是挤出平静堆砌在脸上，做出波澜不惊的假象，迷惑他人，亦迷惑自己。有时，她亦有倦怠，想走出生命的禁锢，苦苦挣扎，终究不能。

那天，她无意窥见了民国众才女的明明灭灭和浮浮沉沉，从生命的巅峰到人生的谷底，起落间，完成各自的人生轨迹。无论怎样的明艳靓丽、万众瞩目，她们最终或平顺寿终，或因故在生命的某一段“戛然而止”，抱憾离世，让人叹息也罢，扼腕也罢，艳羡也罢，揪心彻肺也罢，都终将湮灭在岁月的尘埃里，销声匿迹。洋洋洒洒、文采飞扬的各种文字，后人阅之、识之，方知之。现实中人，各有其事。人多关心己事，他人之悲喜，偶尔围观尚可，久之，皆倦。无非是，今人轻扫积尘，在有闲情时，一瞥，若为衣食忧，为前程忙，为名利累，更是无暇旁顾。岁月流逝，尘埃依旧，一切都是枉然。

还有，爱。

俗世有男女，即有爱。男女之爱，多因情起，因情变终。男子多以事业为核，以爱为佐，不是不需，但不必需。少数情种例外。女子则不然，多以爱为牌，以嫁为标。也有重事业者，然而爱在心中所占之比重，女子自是远多于男子，喜持续，多依恋。爱之，则喜之、惜之。世间不遂心事常有，遂心事不过一二。男子若有悲情，还可分心、淡化；女子则多不能及时抽身而退，期期艾艾、幽幽怨怨。少了心仪男子的情和爱，人生自要寡淡许多、黯淡许多，现实再怎样丰足，也会少去许多色彩。

无论曾经怎样的冰清玉洁，怎样的兰心蕙质，怎样的温婉可人，怎样的恃才骄矜，终是缺憾。

逝水流年，冲走流沙，也带走心中那些根基不深之人、之事、之物，所剩无几。

谁，终究是谁的谁？唯有自知。别人之见，不过尔尔。

难以释怀的隐情

《豪宅幽情》这本书是小猫同学极力推荐给我的。她读过杰克·伦敦的其他作品，比较喜欢。那天，当我们从阅览室书架上看到这本书时，她毫不犹豫地把书取下来递给我。

一个周末，我翻开书，初看时有些不情不愿。外国著作我读得也不算少了，但每次阅读时仍然需要暗暗地鼓一下勇气，因为各种角色的名字是最让我头疼的事。他们的名字一连好几个字，中间还夹着一或两个小黑点儿。我总是读着读着就人物和情节对不上号了。往往一本很不错的书，我却看得一头雾水，总是不得不再回过头去翻看前面的内容：此人物，究竟是之前的哪一位？我再把情节重新连贯一下，然后，接着阅读，读书的速度自然要慢许多，读得也不够轻松，因而，书也就读得断断续续。

又是一个周末，我再一次翻开，竟忍不住看了进去，被三个主人公高尚的品行深深吸引。

三角恋、婚外情，这些是文艺作品永不过时的题材。现实中的人们也大都会经历至少一段爱情，否则，无法步入婚姻。当然，那些奉父母之命、媒妁之言的则另当别论。每一段爱情，与当事人的学识、学养、素养无关，与时间、地点、人物有关。劈腿之人或许也是缘于爱、缘于情。而身边旧人就不会那么轻松了：若不知情，被蒙在鼓里，看上去让人有些同情，但不知，或许会更好，依然坚信自己的爱的存在，也是一种人生状态；若知道以后，不痛苦是不可能的。只是人有百样，每个人的表现各有不同，或粗暴相向，或大动干戈，恨不能搞得地球人都知道；或寻死觅活，拿别人的错误来惩罚自己；或者，既然你能州官放火，咱就可以百姓点灯，针尖对麦芒，谁怕谁？林林总总，不一而足。

闹，是可能的；不闹，是不太可能的。任是谁遇到这样的事情，怎样折腾都是可以想象的。然而，书中受伤者男一号的所有言行，甚至他的一切心理活动，都是那样的光明磊落，让身为读者的我，不由得肃然起敬——一个多好的人哪！

一切都源于爱。

男一号深爱着自己美丽的妻子。因为爱，他不希望妻子不快乐，他不希望妻子在众人心目中的完美形象受损，他不希望妻子因为失去爱情的滋润而不快乐，哪怕那份爱情本不该存在。身为人夫，他才貌俱佳、物质丰厚，理性思索、感性生活。最主要的是，他，足够宽宏大度。他对这件事的男主角、自己的挚友、情敌，强忍着不满，不动声色地仍旧真诚相待，甚至为他和自己的妻子有意无意地创造一些独处的机会。

他为了深爱着的妻子，也为了他一直十分欣赏的朋友，处处体现着君子之心、之腹、之姿、之态。我不敢说他的高尚言行前无古人、后无来者，但一定不会多。爱本应该是自私的，更何况他的妻子所拥有的一切都是建立在他倾心倾力打造的丰厚物质基础之上，而他的朋友正处于落魄期，寄居在他的府邸。他于他们俩都是有恩之人，因而，他完全有理由愤懑，也可以用任何言行来表达自己的愤懑。然而，他却没有。

他那么优秀。他在事业上的巨大成功让人瞩目，他给他的妻子和他的朋友们提供了很好的环境和条件，让妻子尽可能地按照自己喜欢的方式快乐地生活，让朋友们很放松地进行游玩、享受，谁承想却“引狼入室”。然而，他没有后悔，也不曾后悔。他考虑的是，怎样让这样一件三个人都身陷其中的事件能有一个十分完美的结局，让自己，也让他人都能有尊严地抽身而退。每次想起这件事，我都忍不住叹服男一号的高大和伟岸。这高大，既体现在他的外形上，也体现在他的内涵方面。

人多自私，涉及情感问题时，则会更甚。

男一号波澜不惊地把所有的事情全部安排妥当之后，计划为自己安排一个看上去很体面，也很意外的事件——众人相约打猎，猎枪“不慎”走火，自己不幸身亡。这样，既让自己于无意中退出，也成全了妻子和朋友之美。可怜的人儿啊，何曾想到自己！

只是，夫妻俩既然相濡以沫，彼此即十分了解对方。男一号的深明大义之举被他的爱妻猜中，这位同样让人钦佩的多才多艺、多情多思的优质女，在既无法从婚外情的旋涡中自拔，又不忍心伤害丈夫的情况下，毅然选择结束自己年轻的生命来挽回可能出现的种种尴尬，抢在丈夫的“意外”事件之前实施。书中很巧妙地安排了一位目击者——女仆。女仆曾对女主人的移情有些耿耿，但当她“意外”身亡后，她也从心底宽恕并原谅了她。其他对那件隐情也有所察觉的女性亲友们，也因为这个意外而彻底宽恕了她，从而深深地同情男一号的痛失爱妻，而不是愤愤于她的移情别恋。

女主人所有的优秀，全都随着那声被误以为走火的、该死的枪声而渐行渐远。人们不再鄙夷那段婚外情，反而对男女主人公高洁的品性心生敬意。

掩卷之时，我的心情颇不轻松，久久无法释怀。

下篇——地往事

如果你不快乐，就出去走走，世界很大，风景很美，
机会很多，人生很短，不要蜷缩在
一处阴影中。

一座曾经叫作长安的城

它是一座古老而文明的城市，历史曾为它镌刻无数的辉煌；它是一座朝气蓬勃的现代化国际大都市，时代赋予它特有的风姿神韵，它的名字叫西安。有人曾这样比喻：中国是一棵参天大树，到北京看到大树的树冠，到西安看到深埋在大树下的树根。

西安，古称长安，是古丝绸之路的起点。近些年，曾有人试图将它的名字改回“长安”，无奈后人早已习惯和认可了“西安”二字。早在80万年以前的旧石器时代，蓝田猿人就开始在这里安家落户、生儿育女，人类始祖开始由蛮荒走向文明。到了六七千年以前的新石器时代，日益聪慧的先民们在西安市东郊建造了造型简单、经济实用的原始村落——半坡村，这是中国母系氏族社会繁荣时期的典型代表，也是我们的祖先逐渐文明的又一历史见证。

有人说，中国的中心之点，或称大地原点，就在西安。西安是我国建都最早、历时最长的古城，在它3100多年的历史中，曾先后有13个王朝在此建都。汉唐时期，西安是古中国政治、经济、文化和对外交流的中心，是当时人口最早超过百万的一座城市，堪与古罗马相媲美。经历众多王朝更迭，它的帝王陵墓自然也多。对于一国之君来说，在世时高居万人之上，尽享富贵荣华，死后自是不会薄待自己。于是，一座座修建得气势恢宏、华丽考究的帝王陵墓，给这座城市增添了许多异于其他城市的神秘庄严和雍容奢华。因为陵墓多且集中，后人往往会一不小心就惊扰了故人的旧梦，让沉睡千百年的帝王陵墓和不计其数的陪葬品重见天日。

当年，临潼一位叫杨志发的老汉，就是在打水井时意外发现了秦始皇兵马俑。杨老汉当时一定不知道，他的这个意外发现后来不但震惊了国人，更震惊了世界。秦始皇兵马俑被称为“世界第八大奇迹”。

方方正正的明代古城墙，历经时代变迁，仍傲然挺立于城市的中央。晨钟、暮鼓和依然流淌的护城河，给这座迄今为止世界上保存最完整、规模最宏大的古城墙遗址增添了许多生机。后宰门、书院门、端履门，案板街、炭市街、广济街，尚德路、尚勤路、尚俭路，德福巷、安居巷、索罗巷，大差市、饮马池、柏树林……一个个寓意深刻、令人玩味的街道名称，或有书卷气，或有烟火气，或质朴直白，或蕴含某种期许。深厚的历史文化积淀和浩瀚的文物古迹遗存使西安可以当仁不让地被称为华夏文明的发源地、中国古代社会的“自然历史博物馆”。

繁荣昌盛时期的古人，在衣食无忧之后，也十分注重文化娱乐和休闲放松，透过造型精美、色彩浓艳的唐三彩便可得知。宽广袖的低胸长裙把女人们妖媚婀娜的身姿衬托得更加美艳动人，她们发髻高挽，配上轻描淡抹的柳叶弯眉、樱桃小口，任是柳下惠恐怕也浮想联翩。仿唐乐舞是这座城市日渐兴盛的城市娱乐，观者无不恍若回到了大唐盛世，回到了古长安，回到了那个路不拾遗、夜不闭户的纯真年代……

在大唐明月的映照下，沐浴后的杨玉环让李隆基一见倾心。幸福与欢乐过后，他们的爱情却和许多爱情故事的结局大抵相同，以悲剧收场，只留下华清池，让后人在一池花香诱人的水中，去寻找那份曾经的暧昧。

生活在古城墙根下的西安人，恬淡闲适、安逸无忧。倒不是因为他们有多么富足，而是经年累月生活在帝王将相的影子里，他们难免保有一些小小的优越感和满足感。城市的拆迁改造和如今的飞速变化，也没能改变他们的生活状态，他们依旧沿着自己的人生轨迹，慢条斯理地走路，有条不紊地生活。

写一座城市，不能不提到它的饮食文化。撇开各种外来菜系不谈，千百年来，西安的餐饮形成了以唐菜为主的传统菜和以陕菜为主的现代菜。西安的饺子宴、灌汤包、肉夹馍，形形色色、宽宽窄窄的各种面食，还有那些独具地方特色的各种小吃，声名远扬，吸引着四面八方的宾朋。东门外不远处，老店“老孙家”门口曾有一个巨大的“天下第一碗”，总是让路过的人忍不住驻足观望，进得店来。在上牛羊肉泡馍之前，人们还可以点各类以牛羊肉为主料做的冷热菜。我觉得，与一碗美味无比的泡馍相比，前面的那些吃食太过多余，不吃也罢。

与西安市邻近的咸阳市，已经和西安共用一个通信区号。按照城市的规划和发展趋势，未来的咸阳市将与西安市融为一体，成为西安血脉相连、不可分割的一部分。西安自古就是交通要道，如今西安的铁路、公路、航空如同蛛网一般，将其与全国、与世界连接在一起，让海角天涯变成咫尺，将万水千山变成通途。

西安昔日的辉煌让人骄傲，西安今日的腾飞让人惊叹。西安，虽饱经沧桑、历经风雨，却正在褪去历史的尘埃，焕发出前所未有的活力与魅力。未来的西安，将是一座日新月异、永远年轻的城市，呈现着民族的生命力，吸引着全世界的目光。

八仙庵的钟声

八仙庵，又称八仙宫，以其美丽动人的“八仙”传说而享誉海内外，为道教全真派圣地，被视为道教仙迹胜地。“八仙”是道教传说中的八位神仙，即铁拐李、汉钟离、张果老、何仙姑、蓝采和、吕洞宾、韩湘子和曹国舅。据八仙宫石碑记载，原先这里有座雷神庙，“八仙”流浪到这里。他们手捉飞来蟑螂食之，去后留下遍地壳，游戏人间。当地人遂建八仙宫庙祭祀。

八仙庵是我国西北地区著名的道教建筑，位于陕西西安市东关长乐坊内，也是西安市现存最完整的一座道观。它创建于宋朝，后历经重修、扩建，格局日趋完整，建筑日益壮观，现存建筑基本上都是清朝时期修建的，占地面积 7.3 万多平方米，主要建筑有山门、大牌坊、影壁、钟鼓楼等。每到农历四月十四日至十六日三天，八仙庵都会举行一年一度的庙会。届时周围地区的信徒和游客都纷纷来到这里，进行朝拜等宗教活动。

今日之八仙庵集宗教、文化和旅游于一体，以其优雅的环境和丰富多彩的文化生活迎接着八方来客，成为全国道教徒向往的圣地和全国道教重点宫观之一，是陕西省第一批文物保护单位。香火缭绕的八仙庵里聚集着许多目的各异的人，有些人在青灯古卷下潜心修行，也有些人看破红尘，清心寡欲、苦熬日月。

滚滚红尘的大千世界里，每个人都可以选择自己喜欢的生存方式，只要这种方式没有影响到他人。

我的母校距离八仙庵只有几百米。当年求学期间，我经常会在母校附近溜达，自然一次又一次路过它。我虽然很少踏进门去看看，但觉得那里仿佛是另一个神秘的天地。门前窄窄的巷道里，总是人来车往、热闹非凡，卖香裱和纸火的小店铺鳞次栉比，高大的红色围墙外总是聚集着一些须发皆白、看上去玄乎乎的老者在掐掐算算，他们的身边也总是围坐着许多备受现实困惑的人，一脸虔诚、神情严肃。

昔日的同窗，一位纤弱俊朗、高而瘦的男同学，伶牙俐齿、能书善舞，属于颜值爆表、才情俱佳那一类。他有着男子挺拔的身形，多才多艺又善解人意，但由于从小受自家姐姐和众多堂姐的影响，性格里略带一些女性的阴柔和细腻，或许是他天性温婉秀丽也很难说。不过，他有很好的口碑。

如果生在古代，他一定会是一位极其风雅的公子哥儿，学识渊博又有高情商，必定会招惹来美丽小狐仙的敬仰或多情小仙女的爱慕，经不住她们情切切意绵绵的一番纠缠，摇身成为某个凄美爱情传说里的男一号。遗憾的是，他生在了现代，生在了改革开放物欲横流的世俗社会里。

他的童年是快乐的，在父母的关爱和两个姐姐的呵护下，他一路快乐成长，阳光、好学。我们在母校上学那会儿，他在年级乃至全校都有一定的知名度。因为他的特别，更因为他的优秀。

大多数时候，他是阳光开朗的，但有一些时候，会静静地坐在座位上发呆，目光定定地停留在某个位置，好长时间都不移动，一副很忧郁的样子。虽然母校一度采取半军事化的管理模式，校风甚严，但青春年少的同学们熟谙“猫捉老鼠”的小游戏，往往“道高一尺、魔高一丈”。据小道消息称：他曾与几位女同学擦出过爱情的小火花，但不知何故，终究没能燃起熊熊大火。我们那时还是定向分配，大家毕业后各奔东西，人人都在为自己的未来努力。踏进企业的大门后，各自沿着自己的人生轨迹前行，曾经眉来眼去的那些小动作在残酷的现实面前很快就败下阵来。

时光荏苒，一晃许多年过去了，我也结婚、生子，按部就班地完成着一个普通女人该做的事情，跟大多数同学都很少再联系了。偶尔想起曾经的校园生活，想起那位优秀的同学，我都会猜测：像他那样的一个人，理应工作和生活得很好，有一个美好的现实人生。

后来，我从其他同学那里断断续续听到关于他的一些消息。他虽然学业优良、人很优秀，但却很难胜任也不愿干工作岗位上那些简单而又枯燥繁复的工作，心性颇高的他对自己的未来有着更美好、更高大上的向往和追求。然而，他的父母虽可以让他衣食无忧地成长，及至完成学业，但在他的工作方面却无能为力。他的恋爱之路也几经波折，一再受挫。

于是，他突然就想不开了，无法理智地面对现实中遭遇的一切。在留下一封信之后，他悄然离开了熟悉的工作环境和熟悉的人，毅然决然地跑到八仙庵修行去了。后来，众亲友曾多次前往，希望能劝他重新回到正常的生活轨道上来。后面又听说，由于八仙庵有关人员的极力阻挠，大家已无法再与他相见了，更谈不上劝慰了。

人活着，主要是精神的活着，其次才是肉体的活着。精神生命的延长，才是生命最实质的延长。就这样，他撇下日渐年迈的双亲和悲痛欲绝的姐姐们，去寻他的精神生命了。

时隔多年后，我调至省城工作，刚来时就住在八仙庵附近，每天上下班和购买瓜果蔬菜等时，总是会路过八仙庵。我难免会想到他，总也忍不住要替他惋惜，其实我宁愿自己的惋惜纯属多余。

一年多以后，我搬家了，离八仙庵较远，但偶尔还是会路过。每次路过，我仍旧会想起他。唯愿他好！

北田以北

那天早饭后，大家满怀欣喜地乘车从北田出发，一路向北。

一群热热闹闹的人凑在一起，难免叽叽喳喳又嘻嘻哈哈。途中，作为东道主的一位美女拿着话筒只需“穿针引线”，就有性格活泼的人们相继登场一展歌喉，穿插其间的还有诗歌朗诵和咿咿呀呀的戏曲。于是乎，窗里窗外都是一派勃勃生机的景象，让本来枯燥无趣的路途也变得活色生香、热闹非凡。

我有幸与资深副刊编辑张文睿老师坐在一起。张老师很早就是副刊编辑，既能编又能写。在他编的副刊在行业内外都红红火火的那个阶段，我还不曾专职做副刊，也没有开始从事文学写作。当我的文学写作多少有了一些进步，也开始担任副刊编辑时，系统内像张老师那样多年来一直既编版面又持续写作、持续发表的副刊编辑已经越来越少了。他，分明就是业界的佼佼者。

在我人生旅途的几个拐点处，还曾站着另一位资深副刊编辑韩小士老师，而张老师也曾出现在我人生的一些重要节点上，给过我许多中肯热情的建议和非常实际的帮助，我十分感激。聊天期间，张老师不忘拿过话筒唱了几首悠扬的小调，自是大家从流行音乐排行榜和电视上的音乐节目中都无法听到的美妙、朴素、婉转。我们一路上谈音乐、谈电影、谈共同感兴趣的话题，张老师还分享了他下载的一些日本歌曲。被广为传唱的《又见炊烟》，邓丽君和王菲都曾用她们各自不同的嗓音深情演绎过，然而，当石川小百合的日语原唱通过耳机缓缓流淌出来时，我愣住了——原来同样的旋律听起来还可以更加优美啊！原来相似的唱词还可以唱出更有味道的感觉啊！

异国歌手那柔美的腔调、日语吐字发音的轻浅呢喃以及歌词以小见大的温馨和美好，都令我深为所动。只一瞬间，我就不能自抑地有些感伤，泪水即刻夺眶而出。起初我还用纸巾轻轻擦拭，后来只得任由泪水一路奔涌而下，胸前的衣襟很快就被濡湿了一块。

又见炊烟

作词：庄奴

作曲：海沼实

又见炊烟升起 暮色罩大地

想问阵阵炊烟　你要去哪里

夕阳有诗情　黄昏有画意

诗情画意虽然美丽

我心中只有你

又见炊烟升起　勾起我回忆

愿你变作彩霞　飞到我梦里

夕阳有诗情　黄昏有画意

诗情画意虽然美丽

我心中只有你

夕阳有诗情　黄昏有画意

诗情画意虽然美丽

我心中只有你

诗情画意虽然美丽

我心中只有你

《又见炊烟》的原曲为一首日本童谣，后由斋藤信夫作词、海沼实作曲为《星月夜》。第二次世界大战结束后，歌曲改写成《里之秋》，描写的是一对母子在家祈求南方的父亲战后平安归来的场景——

里之秋

作词：斋藤信夫

作曲：海沼实

静谧的 静谧的 村落之秋

屋后那个果树果子落下来的那天晚上

啊 只有我和妈妈两个人

正在用地炉煮着栗子

明亮的 明亮的 星空

野鸭正在夜间渡行

啊 父亲的笑脸啊

在吃栗子的时候就想起来了

另一个版本的歌词是：

静谧的 静谧的 故乡的秋天

后门果树的果实熟落的秋夜

妈妈和我 我们两个

围坐在地炉旁 煮着栗子

明亮的 明亮的 星星的夜空

鸣着鸣着 夜鸭游过的夜晚

在吃栗子的时候 不由想起

爸爸的笑脸

再见了 再见了 椰子岛

希望驾着扁舟的爸爸

能够平安无事地回家

今晚也和妈妈一起祈愿着

MV（编者注：MV是Music Video的缩写，指音乐短片）中的母子俩穿着朴素，但脸上都洋溢着幸福和喜悦，一副很知足、很温馨的模样。家里有后院，就必定会有前院、有住房，那么就不是无家可归者；有果实从树上掉下来，就说明有食物吃，不至于食不果腹。当一家人有房子住、有食物吃，又有衣服穿的时候，就说明他们的基本生活是有保障的。但就是这样一个看似平常的生活场面，被词作者悉心描绘出来，被作曲家赋予优美的意境和旋律，被演奏家伴奏并被歌唱家声情并茂地演绎出来后，竟可以打动人心，而且直击心中最柔软的地方。虽然它描绘的只是一个极其司空见惯的生活场景，但那又怎样？它打动了你，就说明它成功了。

平静下来后暗自思索，我们总是在谈论和书写一些过于宏大的叙事题材。题材大了，自然就难免空泛或不可控，也难免在面面俱到的同时缺乏感动人的细节。如果没有了令人动容的细节，没有了让人读后过目难忘的细节，一个文学作品是难以打动人心的。不能打动人的作品自然难有生命力，又何谈传播和流传？成为经典，更是连想也不要想的事。

时隔多日后，我总是会不自觉地想起那一瞬间的感动。那感动不仅仅是因为一首旋律优美的歌曲，或者一个亲情融融的生活场景，而是因为艺术之美和艺术之魅，因为艺术家能从看似平常甚至有些平淡的现实生活中，发现美好、留恋美好，并对未来满怀希冀、无限神往。如果心中有美，那么生活中处处都能找到美。哪怕是一片树叶、一朵小花，都有它独特的美。

在几天后的一个活动中，一位颇为知性的大姐姐在发言中说到：生活中不都是快乐和幸福，也有许多的落寞和寂寥。套用时下流行的一句话就是，生活不止诗，也不止远方的田野，生活还有眼前的苟且。但只要我们用欣赏美的眼光去欣赏阳光和雨露，欣赏花草树木，欣赏山川河流，就会发现它们恬淡而愉悦、清新而爽快、寥廓而深远……生活中的美充斥在各个角落，只要你学会发现、学会欣赏，为心灵打开一扇美的窗户，智慧的光芒和生活中炫目多彩的美就一定会呈现在你的眼前。

穿过小半个中国去抱你

当被告知将要去海阳核电站——那座将会成为迄今为止中国最大的核电站时，我立刻就莫名地心向往之。曾去过海阳的近邻：青岛、烟台、威海、蓬莱，唯独没有去过海阳，甚至不曾作过短暂停留，哪怕只是途中小憩或者淡然一瞥。

有段时间，“穿过”成了网络热词，带“穿过”的句式被演绎成许多个版本，每一个版本都有一种解读的方式。“睡”作为浩如烟海的普通汉字中的一员，就因为那些其实很纯粹的诗句，变得暧昧、隐晦，甚至有一丝隐隐的情色的成分，让人哭笑不得。相比较来说，“抱”字就要更中性些，但热烈的程度似乎也并不逊色多少。从中国版图“雄鸡”腹部的西安城到黄海之滨的海阳，一路虽也舟车劳顿，但不过是横穿小半个中国。如此，仿佛我们之间亲近的渴望便不如横穿大半个中国那么决绝和不管不顾，稍显扭捏。

我在电力行业也算摸爬滚打了好些年，在上学实习那会儿就跟火电厂一次又一次地亲密接触，认识它、检修它、维护它，盯着各种各样的仪表盘上的数据，抄下来，抄下来，然后继续抄下来。冷水塔热闹喧嚣，车间厂房机声隆隆，直入云霄的烟囱终年覆盖着厚厚的灰尘，烟尘滚滚。周而复始的枯燥、毫无变化的岁月，日子久了，总难免心生厌倦，想要逃离，逃得越远越好。

我近距离围观过水电站的别样风景：气势恢宏的三峡大坝、清秀温婉的安康水电站，还有建在一些知名或不知名江河上珠串一样小小的水电站甲和水电站乙。它们大都羞涩地把自己藏身于某一灵气逼人的山水间，水流日夜欢腾地奔向远方，电流也源源不断地奔向远方，给人们带去希望和美好。

诸如风力发电和太阳能发电这些新生事物，我亦不止一次亲眼见过，不止见过，甚至还在慢条斯理的风车前驻足过、发呆过。它没有让人看着就心惶惶的浓烟滚滚的黑烟囱，也没有一不小心就可能会弄湿人的咆哮而下的水流。蓝天下、旷野中，草原上，硕大的风车优哉游哉地旋转着，像是深沉的老者，一副深不可测、洞察世事的样子。

太阳能发电则要更震撼些，尤其当它们以庞大的数量出现时，仿佛阅兵式上严阵以待的兵士，又或是即将出征的雄壮威武的勇士，严阵以待、旌旗猎猎。站在它们面前，你甚至会忘记身处何地，是何年月。那是一种非亲见而无法感知的震撼。

那么，让我们来畅想一下核电吧！它既不似火电和水电那样为大众所熟知，又不似风力发电和太阳能发电那样备受追捧。站在不同的角度，每个人会用不同的眼光去看待它。突然想起两个字——风流，记得一位长者说过，被人关注就是风流。呵呵！

强烈的好奇心驱使我在十余小时的路途中按捺不住地去揣测、臆想：日日驻足于大海边的它，会是怎样的呢？天是蓝的，海是蓝的，它呢？

追溯历史，虽然在黄海流域建设核电站的想法萌芽于 20 世纪 80 年代初，但真正进入实施阶段也只是近十年来的事情。

核电设备从依赖国外进口到实现中国制造，是怎样的一条艰难之路啊，可它终究成了现实。这不仅解决了经济高速发展和电力需求骤增之间的矛盾，提供了大量就业岗位，而且对以青岛为龙头的整个半岛制造业基地的发展具有重大意义，使备受困扰的能源供应矛盾迎刃而解。

尺有所短，寸有所长。存在的，一定是合理的。我有意无意地了解了世界各地的人们对核电的种种看法。当我看过甲方的说辞又看到乙方的说辞之后，有那么一小会儿，心情有一些沮丧。在此，我并不愿去探讨各种能源的优劣，无论是核能、化石能源、可再生能源，还是未知的新能源。其实，没有一种能源是完美的，而人类的需要本来就是多种多样的，所以 世界应该五彩缤纷。

还记得在青岛时，导游说，海边那块异形的石头是望夫石。那么，亲爱的海阳，那个在广阔的土地上建造起来的三面环海、“一”字儿排开的钢结构庞然大物是什么呢？它也在望夫吗？还是在盼妻归？

我爱你，与你无关。

从延安到于都

我的老家在延安，在黄土高原上、210国道边的一个只有几百人的村子。铁路和高速公路相继出现后，村子就和国道一样日渐冷清了。老家大门前有一棵高大的槐树，奶奶嫁来时它就已经十分高大了。我回去给年近九旬的奶奶奔丧时已看不到它，跟它一起消失的还有我曾魂牵梦绕的老屋。老屋的大门门楣上挂着“光荣军属”的牌子，院子里的枣树每年都硕果累累。

红军长征到达延安后，红一方面军打的最后一仗就在我的家乡富县直罗镇，即有名的“直罗镇战役”。这次战役的胜利彻底粉碎了国民党对陕甘苏区的第三次“围剿”，加速了国民党营垒的分裂，为中国革命的大本营放在延安献上了一份奠基礼。

中央红军落脚延安的那些年，我的爷爷曾打着裹腿，穿着奶奶在煤油灯下一针一线纳的千层底布鞋，一趟又一趟地赶着毛驴奔波在延安的红区和延安以南的白区之间，给中央红军驮运军需物资和一些生活必需品。回家后，他常常给儿女们讲述他的所见所闻以及红军的种种优秀品质，儿女们深受影响。长大后，大儿多年担任村党支部书记，是家乡十里八村有口皆碑的好支书。二儿和四儿中学毕业后就先后应征入伍，在部队入党并多次立功受奖。他们俩转业后，亦在各自的工作领域担任重要职务，矢志不渝地忠于党和人民。三儿中学毕业后返乡务农，之后入党，最终成为一名优秀的国家干部，离休前担任家乡县委党校的党委书记。爷爷的两个女婿都是党员，女儿们也都十分优秀。二三十个孙子、孙女和外孙子、外孙女也无一例外是党员，其中多人都是优秀党员。这些无疑都是受了爷爷的影响。

多年前，延安被称作肤施，这是一个极雅致的名字，后改为延州就要稍逊一筹。延安曾是敌后战场的战略总后方，陕甘宁边区政府首府，是无数热血青年和仁人志士向往的革命圣地，是许多有颜值、有知识、有思想又有梦想的年轻人扎堆出现的地方。

延安的光芒给新中国指明方向，带来希望，照耀一代又一代人，当然也包括我。我没能赶上那个火热的年代，但却在他们曾战斗过的地方生活、工作过，踩过他们走过的路，呼吸过他们呼吸过的空气，喝过他们喝过的延河水，也吹过曾拂过他们脸颊的轻风，一次又一次。

光阴荏苒，转眼间红军长征胜利已经80周年。在“重走长征路”的伟大号召下，众多有志于文学的电力人从祖国各地即将奔赴位于江西赣州的于都——中央红军长征的集结地和出发地。

车票在手，行囊在肩，我在路上，心儿却早就从延河畔飞到于都河边。

于都河是当年中央红军长征过的第一条大河，河宽水湍。80年前，淳朴的于都人民无私奉献，用一片赤子之心真诚地支持红军。沿河的民船全部自发汇集一起，有的用来架设浮桥，铺上木板就可以让红军轻松过河；有的用来摆渡，一趟又一趟地穿梭在于都河上。一波又一波红军顺利抵达对岸，迈着铿锵有力的步伐，朝着中国革命胜利的方向，一路前行。

日夜奔腾的于都河，目睹了当年红军从此岸到达彼岸的全过程。那些被火把照亮的亢奋的脸庞，那一张张热血沸腾的笑脸，那一次次有力的双手紧握，那一句句真诚的“谢谢”都已远去，却又恍然如昨。

凝聚，凝结，壮大。集结，出发，北上。

抱着必胜的信心和决心，怀揣坚定的理想和信念，他们整好衣装，背好行囊，唱着铿锵有力的歌，踏着振奋人心的节拍，背影渐行渐远。于都河又渐渐恢复了往日的平静。直到有一天，他们终于赢得了天下，于都和于都河才被越来越多的人所知晓。

几十年后的今天，奔腾不息的于都河边伫立着一个巨大的石块，上面写着“长征渡口”几个大字。它默默地告诉前来追溯历史的人们，中央红军当年曾从这里渡河出发，走向新中国；它默默地日夜坚守在此，也守候着心中的渴望。

总面积近3000平方公里的于都，如今有人口百余万。这个县级人口数居赣州第一的地方，正在按照“发展升级、小康提速、绿色崛起、实干兴赣”的十六字方针，铭党恩、谋发展、促振兴，全力以赴地把智慧和力量凝聚到推动苏区振兴发展的伟大实践中来，奋力争当苏区振兴的先行者。于都经济社会发展态势“稳中有进、后劲增强”，生产总值、规模以上工业增加值、固定资产投资、财政总收入总量等持续攀升，总量上很好地实现了规模扩张，经济总量稳居赣州市第二。

遥想于都，我浮想联翩；遥想于都，我心已飞扬。

从于都到延安，中央红军在80年前从希望最终走向了成功。

从延安到于都，延安儿女在80年后专程去向那段历史致敬！

在西藏，与前世的自己擦肩而过

一路各种颠簸、摇晃后，我们终于到达海拔 5200 米的地方。车门一打开，所有人都迫不及待地争相拥出去。拍、拍、拍！除了不停歇地“咔嚓”，人们不知道还能用什么更加合适的方式来准确地表达自己如火的激情。我也激动，或许比他们更激动，但我表现得十分淡定，这让我自己都感到有些奇怪！逆光下，我站在石碑前拍了一张照。镜头前的我似乎变成了一只藏獒，一只有美好向往的藏獒。

从海拔 5200 米到 5300 米，虽几步之遥，我却走得很慢，很慢。这慢，并不是因为高原反应或路途疲惫，而是因为舍不得！太向往、太渴望了，舍不得两步三步地就走完，须得用心、用情、用爱去仔细走每一步。

在这一百米的途中，有许多大小不一、形状各异的石头。看到它们，我的心立时就飞出胸腔。我满心欢喜又小心翼翼地捡起一块，用心抚摸着、端详着，然后又轻轻放回原地，几次三番，舍不得放下，又舍不得带走。

终究，我还是到了海拔5300米、久已魂牵梦萦的地方。周围的人并不多，而且老外明显多于国人。秋冬不是进藏的最佳季节，这也避免了摩肩接踵和挤挤挨挨，避免了前景是人背景也是人的尴尬。耳畔是各种激奋、各种欢呼、各种陶醉……面对大自然的恩赐，每个人无一例外地激动不已！不论曾经多么矜持腼腆或者木讷羞涩，此时此刻，人们都被这片净土给彻底征服了！

没多久，我就把喜悦的目光投向了满地的石头，开始捡起一些争相跳进我眼帘的石头。它们必定是为了我的到来而存在——我在一瞬间多情地猜测，并且绝对想当然地认为这就是事实。

我决定带几块石头回去，以便在怀念这里时有个情感寄托。我小心翼翼地捡起一块中意的石头，装进羽绒服的口袋里。不多一会儿，我的衣袋就沉甸甸的了，我感觉走路也有些艰难。正午的暖阳直直地照耀在石头上，仿佛发着光。那是一个我不知道的世界，深深吸引着我，让我如同着魔一般。就在我努力搬起一块颜色泛黄、亮光闪闪的较大石头准备仔细端详时，头上戴的棒球帽不慎被雪山吹来的凛冽寒风扫落到地上，并随着风向而动。我没有立刻张皇失措地紧追上去，而是直起腰来，拿眼定定地望着它的身影——你想干吗去？

坦率地说，当时，如果我的双脚不用力稳住，我会被风吹动甚至有被吹倒的可能。这时，我发现棒球帽竟在不远处意外停住了，好奇地走过去才看到，原来是一块灰白相间、夹杂着亮晶晶物质的石头挡住了它的去路。它和它，就那样安静从容地偎依在一起。我轻轻走过去，“哦”了一声捡起棒球帽，掸了掸刚沾的土，重新戴在头上，又继续戴上绒马甲的帽子和羽绒服的帽子，然后毫不犹豫地把这块沉甸甸的石头紧紧抱在怀中，一步一步往下走，生怕遗失它，心里柔柔地对它说：你，一直都在这里等我吗？

十一天的西藏之行很快就接近尾声，我却感觉好像才刚刚抵达这片土地。在这里的点点滴滴全都有一种恍如隔世的不真实感，又有一种刻骨铭心的难舍难分之情。

临别前一夜，我采访了一位“藏三代”。从小就被像放羊一样养大的她已为人妻、人母，但由于种种原因，他们一家三口仍旧分居三地，半年来都没能见着一面。那一夜，她蜷缩着坐在宾馆的圈椅上，一根接一根地抽着不知道什么牌子的香烟。我趴在床上一边聆听她的故事一边作笔记，不争气的泪水起先悄悄从脸颊滑落，后来，我已经无法控制地泣不成声。

听到哭声，她从回忆里抬起头，关切地问我：“你怎么了？哪儿不舒服？”

“没有！我替你哭泣。”我说。

她微微一愣，轻轻弹了弹长长的烟灰，神情漠然地说：“我早都不哭了，没有眼泪了……”

无论多么不堪，现实都得继续；无论多么难舍，最终都得分离。西藏之行的所见所闻或许会慢慢变成一种回忆，但我却不会忘却，也不应忘却。

人们都说，西藏是个荡涤人心灵的地方，能让我真正领悟这句话的地方是楚布寺。那是离拉萨市不到两小时车程的一座寺庙，它的名气虽远不及布达拉宫、扎什伦布寺和绒布寺，但在那里的一个多小时的见闻却强烈叩击着每一位在场人的心。

走进寺庙，我们按朋友的指导把整钱换成零钱，并尽可能换成角币。手捏橡皮筋扎的厚厚一叠角币，我突然感觉自己摇身一变成了有钱人，也想任性一回。我学着众人的样子在满柜经文或一尊尊佛像前小心而虔诚地放下一张张纸币，很快，手上的纸币就变薄了，没有了。我们被告知，如果没有僧人帮忙，可以自己兑换，只是拿走的总钱数一定要小于放下钱的数额。

“会不会有人趁机多拿钱？”我悄悄问朋友。

“不会！”

我赶紧闭嘴，同时为自己的疑虑感到脸红。是的，在那样庄严又肃穆之处，在那样神圣而圣洁之地，谁又会有那样的令人不齿之举呢？

在高原上、蓝天下、寺庙口，在僧人们齐整的诵经声和各种器乐的吹奏、击打声中，所有人仿佛都被一种神性的光环笼罩着身体，润泽心灵，默默而极尽虔诚地重复着兑换零钱、双手合十……

在西藏辽阔的土地上，十一天的仓促行走其实到不了几个地方，也不太可能有更多、更深的交流，只能是浮皮潦草地观望并浅层次地感受。期间，我一次次告诉自己：留下来！你应该属于这里。

朋友们一次次“善意”地表示，要满足我想在这块净土上重新活一回的强烈愿望：生活之余，撑起画架，画蓝天、白云、雪山、草地和成群结队的牛羊、还有淳朴善良、眸子明亮的藏地亲人们。

“那你还画漫画吗？”

“不！到那时，又一个野路子的画家将横空出世！她，只画油画。”

“那你的画怎么办呢？画给谁看？在这里出名可就难了。”

“出名？人为什么一定要出名？生命就是一个过程，为什么要刻意追求结果……你怎么就不会知道，多少年后，一个曾经叫吉建芳而后改名为卓玛或顿珠的汉人女子，成为一些有梦人向往的未来！”

走，到西藏去！那里有你身处内地根本无法想象的美丽和精彩，那里纯净的空气可以洗去岁月的积垢和尘埃，那里圣洁清澈的湖水可以照亮你的心灯，照亮你的来时路。

当真正看到藏家外墙晾晒的牛粪时，我的心哭了，难以自持地喜欢那里的一切，包括它正在发生的细微变化。但终究，我还是与梦想中的自己擦肩而过！

西藏，不只是在我的心上，还会在每一位到过那里的人心上留下烙印。

永生，难忘。

西湖晨曲

转瞬已是三年。

三年前，一个偶然的机会，我匆匆路过杭州，投去漫不经心的一瞥。虽时间仓促，但因“导游”颇有经验，经他极力建议自行旅游，我因而得以短暂地在杭州停留。脚力有限，所到之处有限，但还是留下了一些难忘的记忆。而三年后的今天，时间更为匆忙。虽如此，我还是努力想让这里的一些难忘记忆留存心底。

去机场接我们的是一辆中巴车，从车外看不出有什么特别之处。上了车，车身轻轻摇晃，人就有些犯迷糊。早晨七点四十的飞机，我不到六点钟就爬起来收拾东西，有些欠觉，实在是困啊！迷迷糊糊之间，谁说了一句：咦，这里还有口香糖，吃一颗吧！我伸过手去，接过一枚口香糖，丢进口里，一股清香甜美的感觉立刻弥漫了我的舌尖，精神也为之一振，睡意全无。我这才发现前面座椅的后兜里除口香糖外，还装着矿泉水、袋装湿毛巾和干纸巾等物品。每个座位的后面都是一样的配备，虽不见得花多少钱，但让人顿时觉得温馨了许多。有人拆开一包湿毛巾，擦手、擦脸，并连声赞道“人家的工作可真细致啊！”

众口一词，十分认同。

当工作终于告一段落，我沉沉地睡去。晨曦中，闹铃毫不留情地把我唤醒。揉着惺忪的睡眼，我穿衣出门，去西湖边晨练。离得真近，只几分钟我就跑到了西湖边上，看到已有不少早到的人们在按自己喜欢的方式晨练。湖水中，有人奋力地游动，湖边的椅子上放着衣物；有垂钓者在静静地守竿待鱼。有散步的、跑步的，也有打拳的、做操的、跳舞的，和其他城市大同小异。晨练中，我在并不宽的堤上放松地跑着，空气湿润、阴冷，我紧了紧衣领，加大步子，跑过一座又一座拱形桥。其间，有一阵颇累，渐渐地，越发轻松。太阳渐渐升起来，天边开始泛起橘红色的晕。很快，红晕越来越大，天色越来越暖，我也已经微微出汗，进而大汗淋漓。我脱掉外套，围绑在腰间，渐渐有些累了，走走跑跑，从苏堤绕着湖水，跑过白堤。路人渐渐多了起来，晨练中的人们有着运动服的，也有着时髦装束的。跳舞的中老年女人们，和着录音机里播放出的节奏明快的乐曲，翩翩起舞。

途中，我捎带看了几个故人旧迹、墓碑。坟上荒草萋萋，斯人已逝，独留一个馒头状的土包或者水泥包。今人的叹息，他们能够知晓吗？临水而立，我喘着气，脑海中一种复杂的情绪一闪而过，谈不上喜或者悲。路上行人越来越多，有些嘈杂。湖水中，荷叶田田，碧波荡漾。在湖边顺光看去，人们被涂上了一些暖色，让人看后内心莫名地柔软起来。堤岸的垂柳，还有其他我认识或不认识的树木花草，全都变得灵动起来，生机盎然。

返回的路要轻松得多，已经有成群结队的游客在导游的带领下开始进行有秩序的游览，各种颜色的小旗子在导游手中的棍子顶端高高地飘扬，“大家赶紧去一下卫生间，待会儿上船后要去就不太方便了。”导游善意地提醒道。让我忍不住想起那句众人皆知的话：跟团旅游就是上车睡觉，下车尿尿。

堤边一棵柳树下站着一个人。他手搭凉棚，望向西北方向，似有惆怅之意。晨曦中的阳光闲闲地从树叶的缝隙中照射下来，洒在他的身上。晨练的人们从他的身边经过，他并不去留意，兀自站立，完全沉浸在自我营造的忧伤情绪中。太阳渐渐升起，他竟把自己站成了一尊雕塑。透过柳树的枝和叶，我觉得，他竟有些眼熟……

眼前突然什么东西一闪而过，“松鼠！”我惊声叫道，回到现实。

西子湖畔，曾留下许多文人墨客的文字，也有众多仁人志士的留痕，亦有古今才子佳人的诸多桥段，真真假假、虚虚实实，成为后人茶余饭后的丰富谈资。而斯人，今安在哉？斯事，早已随湖畔的清风、起起落落的湖水，云淡风轻了吧！那些惆怅徘徊、悲切哀怨或缠绵缱绻，都已风流云散。

想起兴庆公园

兴庆公园位于陕西西安城墙外东南角的咸宁路上，因在唐代皇宫兴庆宫遗址上修建而得名。它是我国最古老的历史文化遗址公园，是西安建设较早的公园之一，也曾是西安最大的公园，与百年名校西安交通大学毗邻。

兴庆公园原为唐都长安外郭城的兴庆坊（隆庆坊），曾是软禁唐玄宗李隆基的地方。先天元年（公元 712 年），李隆基登上皇帝宝座，开元二年（公元 714 年），即改旧宅为兴庆宫。唐代的兴庆宫历经数次扩建，占地达 2016 亩。今日的兴庆公园占地 780 亩，兴庆湖面积 150 亩。

唐兴庆宫四周共设有六座城门，正门西开，被称作兴庆门。今兴庆宫南门在唐代被称为通阳门。从整体布局看，兴庆宫中间有一座东西向的隔墙，把兴庆宫分为两半。南半部的园林风光最美，有龙堂、长庆殿、沉香亭、华萼相会楼和亲政务本楼等比较高大的建筑物，环绕一泓碧水的龙池，湖光石色相会，犹如仙境。相传龙池中曾种植过大量荷花、菱角和各种藻类的植物，池南岸还种有可解酒性的醒醉草。北半部宫殿巍峨，南雄殿、长兴殿、大同殿隐没于树林中，建筑设计各有千秋，别具一格。

1956 年，国务院决定把上海的交通大学迁至西安。1959 年，迁至西安的交通大学定名为西安交通大学。据悉，在西安交大建设初期，为了给教授们营造一个放松休闲的好去处，在唐兴庆宫遗址上修建而成的西安最大的公园——兴庆宫公园便应运而生。其设计既继承了我国民族传统风格，又吸收了国外造园的艺术特点。交大师生凭证件即可直接进入园内，无须购买门票。

由于母校距离兴庆公园只有两站多车程，我在四年的学习生涯里便 N 次光顾过这里。有一次同乡聚会便是在公园里一棵高大的树下举行的。二十多个人围坐成一个圆圈，或说或笑，或歌或舞，让陌生的彼此通过聚会变得熟悉，让本来就认识的进一步加深了解，叙乡情，再谈谈各自的校园生活，然后拍照留念……这种聚会是当时校园里比较流行的一种形式。

我们班在这里还办过一次联欢，大概是在我入学的第二个学期。春暖花开时节，万物复苏，时任班干部组织全班同学浩浩荡荡来到一个较为清静的地方。用班费买来的双卡录音机播放着好听的音乐。磁带幽幽地旋转着，流淌出节奏明快的音乐。女生们大都化了淡妆，一向矜持的理科女们还表演了自编的集体舞，不记得是24步还是36步，反正是当时很流行的那种集体舞。青青涩涩的一群女孩子，扭扭捏捏地，在刚刚变得绿茵茵的草地上翩翩起舞。如花似玉的年龄，如诗如画的情景。偶尔翻出当年的旧照，我都会一头扎进对往事的回忆中半天出不来。

有时，我会在周末的清晨和几个要好的同学起个大早，赶在大门口收票的老太太上班前从北门进入到兴庆公园，因为公园对晨练的人是不收门票的。大家在前一天用菜票从学生餐厅买一些点心，自己带着水，然后可以在里面开开心心地玩上一整天，打羽毛球、划船、看书……度过了许多美好而难忘的时光。

从2006年7月15日开始，兴庆公园实行门票免费制，母校的学弟和学妹们自然不必再为不掏门票而起个大早了。

2007年，我被调到西安工作，2009年，搬至兴庆公园西门和北门之间的一个小区居住，工作单位也在附近。自那以后，兴庆公园就成了我家的后花园。每天晨起或者晚饭后闲逛，兴庆公园都成了首选之地。甚至有时家里来客人了，我也会把去兴庆公园当作陪客人游玩的项目之一。

冬去春来、花开花落，我在兴庆公园春天的桃花、杏花、梨花、樱花、迎春花下徘徊过，在细雨蒙蒙的兴庆湖畔徜徉过，在艳阳高照的树荫下畅想过，在晨曦渐起的小道上大汗淋漓地奔跑过，还在黄昏里跟着一群大叔大妈一起放声高唱过《社会主义好》……

光阴荏苒、星移斗转，兴庆公园还在，而昔日那些皇宫里的恩怨是非，还有那些被是非恩怨夹裹着的人和事，早已灰飞烟灭，消散在历史的尘埃中。而那些曾经青涩的同窗、那些偶尔见面的同乡呢？你们还会想起兴庆公园吗？还会想起兴庆公园里的快乐和美好吗？

到东城区图书馆的路有多远

在京城的那段日子，热心的张文睿老师力荐我去东城区图书馆（下文简称东图）听讲座。带着几分好奇，我一路喜滋滋地按照“百度”得来的路线，顺利到达东城区图书馆。

一楼大厅早已来了许多人，里面既有青春年少者的身影，也不乏白发苍苍的老者。他们有的在静静地等候着，有的和相熟的人交谈着。在大厅内醒目位置的一个展板上，是著名作家刘震云的文学创作情况介绍，讲座的主题是“解读当下文学创作生态”。我心里一阵窃喜。刘震云是我喜欢的作家之一，我读过不少他的作品，也看过很多由他的文学作品改编而成的影视作品，甚为喜爱，百看不厌。按照一位长者的指点，我上到三楼。门外已经排起了长长的队伍，我也赶紧站在队伍后面。差不多九点钟时，门打开了，人们急切地按照队伍的顺序拥进去，入座，并给相熟的人占座。我也在靠边的地方找了一个合适的座位，对即将开始的讲座满怀期待。

“成为作者是一件很偶然的事。我是个作者，但作者不是一个多么严肃或者不可或缺的职业。我妈不识字，我妈的妈也不识字，这个传承的链条很脆弱！”——这是刘震云的开场白。我无数遍聆听现场的录音，因而，对这段话刻骨铭心。

陪刘震云坐在讲台上的，是著名评论家何镇邦。刘震云说，自己的作品之所以能被广泛认可，主要是因为编剧好、导演好、演员好，而他的母亲却说：是儿子的书写得好！刘震云正式踏入文学路之前，他母亲一遍遍在他耳畔提到的是鲁迅和鲁迅的那些名作，这让他无比兴奋，以至他自己成名成家后，每次讲课必定会提到这段美丽的记忆。而我在东图听的第一个讲座竟然是刘震云的，也让我自己激动了好一阵子，并在不同的时间段把自己兴奋的情绪四处释放，以至引来无数羡慕嫉妒恨的目光。

之后，一个又一个周末，只要没有比较紧急的采访任务和其他特别重要的事情，我都会去东城区图书馆听讲座，然后，和大家一起吃 AA 制的午餐。吃饭本身和吃些什么倒是其次，最为主要的是想听听大家对于当天上午讲座的讨论。同一个讲座，为什么自己听了是这样的认识，而别人听了却有那样的看法？这些不同的观点，对于更好地吸收、消化听课内容有着不可多得的作用。我喜欢倾听来自不同领域读者的声音，虽不一定会对自己的人生观、价值观，文学素养的提升或是文学艺术创作起到什么决定性的作用，但那些东西会在我脑海中形成碰撞，激发我的灵感和创作欲望，并让我得到某种程度的提高，所以，我很珍惜！

一直都记着刘震云说过的话：“除了36计，还有37计——没计。”他说，有计谋的人都是聪明人，聪明人都被聪明误了。社会在变，作者也要变……我也一直清楚记得，当天下午恰好是东城区作家群与读者的新年联谊活动，叶廷芳老师还盛情难却又激情满满地在现场引吭高歌，让我见到了这位我无比敬仰的老作家极可爱的一面，真是幸运得很哪！

在东图，我聆听了梁晓声、韩静霆、关仁山、叶廷芳、何镇邦、韩小蕙、徐刚、梁秉堃、黄亚洲、田珍颖等一大批作家的讲座，采访了其中一些，并通过他们结识了更多的作家；见到央视名嘴赵忠祥主持以外的精彩一面，见到和我一样非常喜欢张爱玲的学者止庵，见到革命前辈之后罗点点，见到官员作家王敬瑞，见到同行里的佼佼者王军……

到东城区图书馆的路有多远？我想，不远。

一次次去东图听讲座，我以为，于自己是一种不可多得的幸运。京城交道口附近那座不算高的楼房在我的心中是神圣而睿智的。我的老家就在陕北的交道原上，每次出地铁后看到十字路口附近的站牌，我都会顿时心生亲切之意。每个周六的上午，东图都张开它宽厚的怀抱，欢迎我、接纳我、给予我。其实，东图的讲座不只是周六有，其他时间也有一些规模不一的讲座，更有一些经典影片的免费观看和丰富多彩的文化活动。

东图是开放的。有智慧者在这里传播智慧，渴求知识的人在这里获取智慧。人们在东图提供的平台上各取所需，因而，东图的天空是明亮的、澄澈的、美丽的！

我带家人去过东图，也带赴京公干的朋友去过东图。每次和别人谈论起东图和在那里听过的精彩讲座、见过的人，我的眸子里都会散发出异样的光，神采飞扬，平日里不善言谈的我立刻口若悬河。每次在东图听完讲座，午餐结束，和众人分手后，我会转而去不远处的中国美术馆观看展览。美术馆闭馆后，我又会去附近的三联书店，坐在台阶上静静地看书，直到书店下班。这样“三点式”地过周末，使我的生命增加了长度和广度，人生因之而丰沛和饱满。

冬去春来，夏尽秋至。我以为，一次又一次的东城区图书馆听课之行，对我来说，有着潜移默化的收获。

岁月流逝，星移斗转。到东城区图书馆讲课的老师换了一茬又一茬，到东城区图书馆听讲座的人来了一拨又一拨，其中既有长年坚持的老读者、老听众，也有不断加入的新读者、新听众。变化的是人，始终不变的是东图，和东图特有的气质。

我坚信，东图，必定会深深地影响一代又一代读者，源远流长。

烽火、荔枝和其他

日日待在长安城里工作、生活，忽一日，我发现，这座千年古都除了改朝换代时的刀光剑影和兵戈血刃，也有许多脂浓粉艳的卿卿我我。只是寻常人家的小情小调多限于自我陶醉，最终必止于锅碗瓢盆的磕磕绊绊，而有些人物却因为其身份的特殊性，或事件的不同寻常，被载入史册，我等得以一窥。

话说周幽王有一位被称作褒姒的宠姬。此女容貌姣好却乃一冷美人，整日拉着一张俏脸，不苟言笑。男人也真是贱得很，后宫佳丽如云，个个都是温香软玉的如花笑颜，可他偏偏就视若不见，独独对这位冷美人宠爱得不得了，千方百计地要博她一笑。此女也不是不会笑，也不是没有笑过，当她被扶正时她笑过，当她的亲生儿子被封为太子时，她也笑过，可见让她笑的成本还是很大的。

一个人的智商毕竟有限，周幽王就广贴告示在全国范围内征集能博得冷美人一笑的良策。虢石父既想巴结领导，也为了那笔不菲的赏金，就出了一个馊主意：烽火戏诸侯。

站在烽火台上的冷美人果然被烟尘滚滚中上当赶来的众诸侯给逗乐了，娇羞地用宽大的衣袖微遮粉面，莞尔一笑，或者是嫣然一笑吧。因为她当时笑到何种程度、是否露齿、露出几颗牙齿，史学家没有亲眼见过，只能猜测着编撰，后人也只能揣测着阅读。但不管怎么说，冷美人笑了却是真的。

如果周幽王就此打住，见好就收，或许还不至于酿成什么大错。问题就在于他一而再地玩这招，以至就为了能看一眼美人的笑颜而白白丢失了江山，自己也落了个身首异处，真是得不偿失！

时光转眼就过去了千余年，战火时起时落，朝代几番更迭，中国历史上辉煌一时的大唐盛世出现了。在一次又一次的变迁中，饱受折腾的是老百姓，变换着的是君臣的名姓和家族的兴衰，恒久不变的，则是一个男子对他喜爱的女子的百般娇宠。唐玄宗费尽心机得到杨贵妃后，也使尽了各种手段让杨美人开心。好在杨美人也解风情，两人自是你情我愿地恩爱有加。姿丰艳、善歌舞、通音律的杨美人轻轻松松就把这个阅尽人间春色的皇帝老儿忽悠得屁颠屁颠的。

年复一年的“一骑红尘妃子笑”，不但劳民伤财，而且也渐渐动摇了江山的根基，最终也让唐玄宗丢了性命。

笑，本身并没有坏处，只是强求有风险，选择需谨慎。

雨　途

早晨起来，我推窗望云，没有看到太阳，天是阴沉沉的。又过了一会儿，我再次去看，便有雨丝轻飘飘地飞落。拖着行李步出电梯后，我发现地是湿的，但雨好像似有似无。路上有人打伞，也有人把伞拿在手中。

小心翼翼地躲避着浅浅的水坑，我径直站在公交站牌前等车。这是一个考验人耐心的事：往往你要坐的车左等右等就是不来，你不打算坐的车却接二连三地来，仿佛故意跟你寻气。五分钟、十分钟、十五分钟，我有些不能再忍了，暗暗告诉自己，如果下一个五分钟之内，这个不守时的家伙不来，我就果断换车，毫不犹豫。

就在这时，我眼前一亮，两辆车一前一后摇头晃脑地来了。我拎着行李踏进车门，心里那点小小的愤怒立时就不见了。

在火车站取票时，我突然感觉身后站了个人，吓了一跳，一手握好刚刚打出来的火车票，一手拿好身份证，这才转身去看。一个穿制服的中年男子站在我左后方，手里还拿着个对讲机。“你刚才取的是哪天的票？”他问。“今天的呀！”“我看看。”我心里有些狐疑，但还是把车票递了过去。他仔细地看过，然后又递给我，没有吭声。我还是感谢他的敬业，也许他刚才站在我身后看到订好的还有其他票，担心我取错票坐错车。走了几步，我觉得似乎应该跟他说声“谢谢”。我再次转身时，他已离开，正在向远处走去。我定定地站在那里，为一开始对他的误解感到有些歉意，仍旧低声说了句“谢谢”方才释然，之后，向进站口走去。

清晨的软卧候车室里，除了工作人员，只有一两个闲坐的旅客。放好行李，打开随身带的书，我很快沉浸在文字的美妙世界中，直到被提醒可以进站了，才装好书，又从容地上了趟卫生间。期间，几次有工作人员站在我附近的大玻璃窗前，抬头仰望外面，嘴里念叨着：“还下吗？好像不下了啊！咦，又好像还有点儿雨，就是有点儿小。”

走到工作人员说的“4号站台”，我傻眼了！门怎么锁着呢？这我可怎么走呀！情急之下，我放下拉杆箱，背着背包一路狂奔到候车室门口，向里面声嘶力竭地大喊“4号站台门锁着，我出不去！”连喊几声后，一个穿制服的工作人员才从旁边一个房间里出来，慢条斯理地，不慌不忙。看到我，他一翻眼睛，不耐烦地说，“喊什么喊？火车还没到站，你上得去吗？”我一愣，也喊道，“我怎么知道火车来了没有啊？是你们同事让我出来的。”他又转身用对讲机说了几句什么，然后才慢吞吞地向4号站台走去。我和他保持一段距离走着，心里还是憋着一些未消的火气。

这时，一列火车慢慢地驶进站台。

走过打开的门时，有那么一瞬间，我想对他说句“谢谢”，但还是被那点残存的火气给控制住了。我双唇紧闭，迅速通过，快速走下台阶，走向我将要乘坐的火车。

火车刚刚停稳，乘务员也刚刚站好位置，我面前的车厢里第一位乘客才一脸倦容地提着行李走下车，接着是第二个，第三个……我的天！这节车厢的人全部都要下完吗？我心里暗自嘀咕。反正就这样了，等吧！好不容易等到没人往下走了，乘务员噔噔噔踩着梯子返回车厢，放开嗓子大喊“西安站到了，还有人下车吗？还有没有人下车？”

我还在努力耐着性子等她，旁边另一位却等不及了，踩着梯子就准备上车。说时迟那时快，不远处一个穿制服的站内工作人员立刻快步走来，厉声喝道：“把车票拿出来！”那人取出票，他拿在手上仔细地看了看，又拿过我的票，也仔细地看了看。这时，喊过几嗓子的乘务员又从车上下来，再次拿起我俩的票仔细端详。他们两个人还不慌不忙地说着什么，全然不顾坐车人的着急。

也有开心的事。

我乘坐的那个软卧车厢里空无一人，我暗自窃喜。我放好行李，还没有人进来；取出书，还没有人进来；又取出电脑，依旧没人进来；车厢微微抖动了一下——车开了，还是没有人进来。敢情坐车前偶遇的种种，全都是为了这个“包厢”。如果真是这样，那也值了。

我一边整理这几天拍的照片，一边时不时地瞅一眼窗外。偶尔有细细的雨丝飘落在车窗上，划出一道道“痕迹”。所谓的痕迹，其实不过是断断续续的一道道雨水。雨水倾斜的角度各不相同，断开后的雨滴也有大有小。不知道是受车速影响，还是因为雨滴下落时与车窗的夹角不同，总之，它们就是那样的不齐整、不规矩，兴之所至，随心所欲。

又过了一段，也不知到了哪里，车窗玻璃上雨水的痕迹越来越多。有的雨水不再自始至终维持“线”的感觉，而是受重力作用向下慢吞吞地滚动，同时又因为车在前行，反作用力使它并不是垂直地向下，而是向右下方滚动。这样一来，车窗玻璃便不似先前那般清爽，尽是各种痕迹明显或不明显的斜线，乍一看去，有斑斑驳驳的感觉，像是刚学油画的学子在画布上信手涂抹。

窗外的地上也是湿的，有的地方有深浅不一的水坑。近处的植物因为吸饱了水分，绿得喜人，颜色也有渐变、有层次。有的地里是黄绿相间的庄稼，有的地里则是橘黄色的已经成熟了的庄稼。远处的山笼罩在朦朦胧胧的雨雾中，若隐若现，如仙境、如幻境、如梦境。一瞬间，我竟看呆了。

窗外的雨理应不是太大，但却并不见乡间小道或老山径上有人的身影。偶或闪现几间瓦房，也不见屋前有成群结队的土鸡，或一两只看家的狗。

午休起来，神清气爽了许多，抬眼望向窗外，窗户玻璃此时更加斑斑驳驳，大小不一的水滴无序排列，像是要故意遮蔽外面的景致。天依旧是灰色的，只是灰的调子比先前略微浅了一些。也可以说，它变得比以前亮堂了许多，是正午的缘故吗？

地面依旧是湿的，山是湿的，树木花草是湿的，房屋建筑也是湿的……整个世界都像被一个巨大的洒水壶喷洒过一般，变得湿漉漉的。我一脸茫然地望着窗外，不知道除了这没完没了的湿，还有什么可以再次出现在我抬头的一瞬间。

每天都给自己一个希望，只为今天而美好。

朱自清的荷塘

年少时读朱自清先生的《荷塘月色》，在语文老师声嘶力竭的讲解中，我也曾很配合地进行过一些臆想，试图在自己的脑海中想象出朱先生笔下描绘的美景究竟有多么美好。

在后来的文字阅读和文字工作中，我不止一次地看到过有人对此文或情绪激奋或柔美哀婉的所谓读后感，让我印象深刻。于是我重新回忆那篇字数虽不多，但颇有意蕴的经典美文。最为有趣的是，有一位老师以荷为题来借喻其多年前的那段初恋，写得情深义重、悱恻缠绵。文字在老师的博客里贴出后，被众多博友热议。我也忍不住细细品评了那篇打着写荷的幌子却与情有关的美文，并耐着性子逐篇阅读那些或长或短的跟帖。

千人千面，自然千人有千种思想。对同一篇美文，大家有许多相近或相异的观点。因为任何人无论丑俊、富有或者贫穷，都会经历初恋。修成正果也罢，无疾而终也罢，只因是人生的第一次，用情也纯、也真，自是心心念念，因而颇能引起共鸣。旁观别人的情伤，是一件很有意思的事，因为这让读者总是忍不住想起自己。

春夏之交的一个午后，一位朋友到京出差，我们抽空见面，相约其母校清华园。饭毕，朋友用一辆借来的自行车带着我逛清华园，我们先后去了几处他认为很有必要让我知道的地方。作为清华学子，这位朋友在自己喜欢的领域干得风生水起。离校多年后，只要到京，只要有时间，他必到母校走走看看，始终不能忘记母校的培育之恩，对母校的一草一木、亭台楼阁都颇有情感。而我，则更多的是好奇。天色渐暗，盏盏灯光亮起，我们晃晃悠悠来到一处有山有水之地停下来。

“知道朱自清先生的《荷塘月色》吗？”

“知道啊！”

“哦！这里就是朱先生笔下那个令无数人为之着迷的荷塘。”

“是吗？”我不禁有些肃然，忍不住反问道。

在夜色中，并不很大的荷塘里隐隐约约有一些残枝败叶。稍远处，是黑黢黢的假山，上面错落有致地生长着一些我看不太清楚，也不知其名的植物，只能约略看出一些它们的轮廓。耳旁是朋友的絮絮叨叨，眼前是真实却并没有多少意境的荷塘，我一时不能进入角色，沉默中，努力试图从暗夜的微光中辨别出残荷和败叶的形态。在夜色中的各种灯光照耀下，我无法将它们和文中的描述相对等地联系在一起，但又不便说出自己的感受，担心让朋友扫兴，遂沉默着，心里却在翻江倒海。

当然，我也知道，作文，许多时候和作者本人当时的心境、心情、心绪等有很大的关系。而作为一个旁观者，仅凭那些字里行间的情绪和想象以及目光所及的一切，试图揣摩出作者的某些情愫，何其难啊！毕竟，我不是作者肚里的蛔虫，完全猜测出这些是不现实的。但是，我还是想做一些努力，却终究不能够，便有些懊恼，沉默不语，默默地想心思。朋友也不再言语，时间一分一秒地流逝。忽然，附近有人路过，他们的声音不经意间把我的思绪拉回了现实中。

“我们走吧！”朋友轻声说道。

“好的。”我有些愣神地说。

我默默地坐在他的自行车后座上，继续前行，浏览这座美丽的校园。

到了某个门口，我与朋友挥手作别。途中所见的一切都似真似幻，只因脑海中已经塞满了那个虽只有一面之缘，却不能轻易忘却的荷塘。

难舍故土窑洞情

国庆长假，好几年都没回过老家的我终于想回一趟陕北。我临行前怀揣殷殷游子心，准备在黄土高原的窑洞里惆怅一番、感怀一番、追思一番，谁知眼前所见让我满满的情绪毫无落脚之处。

在建设新农村的伟大号召下，位于210国道旁边的家乡几乎难觅昔日容颜，那些走过沧桑岁月、饱经风霜的大树全都不知所终，各家各户或漆黑发亮或朱红色的大铁门上钉着许多冰冷的铆钉，一层或两层贴着瓷砖的钢筋和水泥的建筑物，公然取代了曾经连成一排排的窑洞组成的院落，整齐划一、光彩鲜亮，只是我们彼此都十分陌生。

窑洞，我心心念念的窑洞，或土或石或砖建造的靠崖或独立的窑洞呢？它们曾给五百多年前从山西大槐树下被迫移民至此的先人们提供庇护，让他们有一处冬暖夏凉的居所，安家落户、繁衍生息。一代代人，无论外出求学、经商或做官，无论风光无限或颠沛流离，无论离开多久多远，只要一想起故乡黄土高原上守望着的一排排窑洞，心底就会莫名涌起阵阵暖流，踏实安稳。叶落归根之时，他们大都选择重回生他养他的窑洞里安享晚年，直至重归于土，我的爷爷，我爷爷的父亲和爷爷的爷爷……莫不如是。

在这个落叶飘零的秋晨，我不想任由惆怅飘浮的情绪漫无边际地泛滥，只想以一名前集邮爱好者的身份粗浅地叨叨几句20世纪发行的一套民居邮票。

曾几何时，民居是中华民族建筑艺术的瑰宝，是勤劳勇敢的中国人民智慧的结晶。为此，改革开放数年后，原邮电部决定发行一套民居邮票。经过精心设计制作，这套民居邮票从1986年4月1日开始发行，1991年6月11日全部发行完，前后历时5年多时间。这套邮票共发行了4套、21枚：普23有14枚，普25有2枚，普26有3枚，普27有2枚，共计人民币10.845元。这是一套民族气息十分浓郁的邮票，票面上各个民族的建筑造型生动、图案漂亮，充分展示了我国21个省（市）的民间建筑的特点。技艺高超的设计者在方寸之间的票面上把各地民居刻画得惟妙惟肖，令人观之犹如身临其境。陕北民居是这套民居邮票第二套中的第10枚，面值40分，1986年11月15日正式发行。这四套邮票全部为影写版，由北京邮票厂印制。一幢幢风格迥异的普通民居，是华夏儿女上下五千年谋生存、图发展的历史缩影，也是屹立在中华大地上的独特人文景观，套用时下的一句话，是“久居城市之人休闲度假的好去处，人们旅游行走的理想之地”。

黄土高原上气候干燥少雨，冬季寒冷，木柴较少，黄土质地均匀，具有胶结和直立性较好等特性，土质疏松也易于挖掘，故自古以来窑洞就是陕北乃至整个黄土高原地区比较普遍的民居形式。窑洞是一种民用建筑，但属于特殊“建筑”。淳朴善良的黄土地人因山就势、因地制宜、因陋就简，有时在垂直的土面上开凿窑洞；有时在土层中挖掘深坑造成人工崖面，再在垂直面开挖窑洞；有时则在地面上用土坯、石块或砖头建造窑洞。窑洞的顶部多为拱形，有的依山而建，有的三两相连，有的则数十孔相毗连成长长的一排。

由于我国邮政事业的迅猛发展，原邮电部先后于1990年、1996年两次调整邮资，原《民居》邮票邮资已不适合继续流通使用。1996年9月，原邮电部决定盖销和销毁曾在邮政窗口大量流通使用的《民居》普票，使这个系列邮票中的低面值票量少价贵。随着社会的飞速发展和新农村建设等政策的实施，具有各地建筑特色的民居正在逐渐消失，取而代之的是现代的、崭新的、宽敞明亮的民居。而幸存下来的民居邮票具有观赏、收藏、研究等多重意义，升值是必然的，投资价值也会随着时间的推移日益凸显。

离家之时，我曾站在人声渐少的村子里试图找寻年少时遗留在这里的欢声笑语和点点滴滴，寻找记忆深处它曾质朴本真的容颜，清晰可见却又似乎茫茫渺渺。我不认为自己是一个守旧的人，但却不能在短时间内适应目光所及的一切。

于是，我莫名地有些黯然。

毛毛的 2015

我不是一个喜欢凑热闹的人，但每每遇到热闹红火的场合却也能很快融进去。这说明了什么问题，说明人有的时候不得不从众。作为一个出身普通、没有多少姿色的平凡女子，我的人生经历中也没有多少有别于常人的过往可以拿来炫耀。我不讲究服饰穿着，对各类首饰也没有多少癖好，从不化妆也不涂口红（上舞台演出除外），走在熙熙攘攘的街道上并无一丝半点吸引人眼球的亮色，话题女王之类的情形于我是根本不可能发生的事。

少人关注，我也便乐得清闲，一心只顾闷头做自己喜欢的事，只是恍惚间才一眨眼的工夫，就从年的那头到了这头。

毛毛是我的一个马甲号名字，其实早些年我断断续续用过几次。由于过于散乱，它并不被多少人记住。若干年后的今天，准确地说，是从 2014 年开始，这个名字陆陆续续又被一些人所知道。直至2015年，由于一些特殊的原因，这个名字搭上了一列特殊的顺风车走向四方，竟还漂洋过海去到过一些庄严的政治场所。自然是靠谱的人带它去的，一些事也是听靠谱的人讲的，反正我没去过，也不曾亲眼见过。托新媒体的福，它又穿过光纤，划过星光稀疏的夜空，飘过雾霾沉沉的白昼，抵达各色人等的手机上。于是乎，有那么一段时间，我总是被问到关于‘毛毛”的各种事由：它的诞生和成长，它的过去和现在，它究竟跟我是怎样的一种关系……一次又一次地被问，只好一次又一次地重复着说一些话。说得多了，有些话好像动则就要自己脱口而出似的，也很好玩儿。

每当天边又一次渐渐发白变亮时，我都异常清醒地知道自己该干什么，不该干什么。清醒并不是一个人的天性使然，而是在磕磕绊绊之后，在鼻青脸肿、伤口结痂之后，在知道没有多少可供凭持的资本，也没有什么可以依附的大树，一切必须靠自己勤劳的双手去创造、靠自己并不坚强的双肩去承担时，才会顿悟。

不过，我觉得自己一直是幸运的，总是会在合适的时候遇到合适的好人，在合适的场合遇到合适的有缘人。生命苦短，不是每一次擦肩而过都会回眸一笑，不是每一次萍水相逢都会留下无尽的怀念。时间这把刀会毫不留情地斩断一些本就质地脆弱的东西，却也会悉心呵护并最终留下一些什么。大浪淘沙留下的只会是珠贝珍宝，那些流沙浮尘的离去根本不足惜，无论是一厢情愿还是迫不得已，都应任由其随风而逝，不回头。

忙里偷闲，我养起了多肉植物。不管主动还是被动，我一不小心收获了“花木二二女”和“养肉达人”的雅号，微微颔首从了就是。做一件事虽然也会有些小麻烦，但如若最终带来的是诸多乐趣的话，也是值得的。激动之时，我也没能忍住在一些场合小小地嘚瑟一下，但很快打住，差一点又被扣上一顶“不务正业”的帽子。

不管一度被疯传的《穹顶之下》制作有多么精良专业，主持人的言辞有多么感人肺腑，画面有多么触目惊心，看后是多么震撼人心，入冬以来的太阳依旧难得一见，偶尔露脸也还是一副扭扭捏捏的姿态，温腾冰冷，不情不愿，谁奈它何？

我本就不善言语，被人误会也极少选择辩解。清者自清，浊者自浊。我，还是我，并不会因此而忧郁伤身减轻一斤半两。

终于懂得亲情的可贵，我对日渐年迈的父母多了一些耐心，无论多忙，我对他们的态度都要比以前缓和许多，不再那么敷衍，尽可能多地陪他们说话，哪怕说的仍是那些不知抖搂了多少遍的陈芝麻烂谷子之事。我亦不再觉得那些饭后的闲聊和周末的放松有多么浪费光阴。当小猫同学的眼神轻松掠过我的头顶时，我知道必须接受曾经的“小尾巴”如今已经长大成人的事实，并一如既往地教导她要善良、豁达、仁爱。

不能忘记的是，生日那天恰好在出差。晚上，我喝了几口小酒就伏在一位女伴肩头呜咽着开始哭泣，且众人愈劝愈厉害，吓得大家还以为我受了什么天大的委屈。得知真相后，四周一阵唏嘘，大家都笑我实在蠢得可以。岁月流逝、年岁渐长，谁人能阻挡得了？既然不能，那就由它去吧。

无论多小的事，我永远对每一次进步心存感激。不管当下是怎样的一个时代，活在当下，就得融入它，并接受它的存在。哪怕有一段时间，我觉得筋疲力尽，甚至有些沮丧，仿佛一切都看不到尽头，但唯一能做的就是坚持，并且努力让自己相信，终究有一天，会跨过一切的障碍。